真正厉害的
都能在
关键点
发力

U0598590

著

民主与建设出版社

·北京·

◎民主与建设出版社，2018

图书在版编目（CIP）数据

真正厉害的人，都能在关键点发力 / 温姬拉著 . --
北京：民主与建设出版社，2018.10
ISBN 978-7-5139-2301-9

Ⅰ．①真… Ⅱ．①温… Ⅲ．①散文集－中国－当代
Ⅳ．① I267

中国版本图书馆 CIP 数据核字（2018）第 212526 号

真正厉害的人，都能在关键点发力
ZHENZHENGLIHAIDEREN，DOUNENGZAIGUANJIANDIANFALI

出 版 人	李声笑	
作　　者	温姬拉	
责任编辑	刘　芳	
出版发行	民主与建设出版社有限责任公司	
电　　话	（010）59417747　59419778	
社　　址	北京市海淀区西三环中路 10 号望海楼 E 座 7 层	
邮　　编	100142	
印　　刷	三河市金元印装有限公司	
版　　次	2018 年 11 月第 1 版	
印　　次	2023 年 8 月第 2 次印刷	
开　　本	880mm×1230mm　1/32	
印　　张	9	
字　　数	160 千字	
书　　号	ISNB 978-7-5139-2301-9	
定　　价	39.80 元	

注：如有印、装质量问题，请与出版社联系。

目录

CONTENTS

001

Chapter **1**
成长就是不停跟自己较劲

是什么阻碍你过上想要的生活 ······ 002

怀着美好的期待去变好 ······ 007

没有勤奋的天赋终成过眼烟云 ······ 012

别因为想"定下来"而搁浅生活 ······ 019

接受自己去改变，胖子也能有春天 ······ 026

关起回首过去那扇门，大步往前走 ······ 034

"穷"，也要去"好好生活" ······ 041

不必太焦虑，没有不会好转的事物 ······ 046

Chapter 2

051 ·········· 做不妥协的自己，过不平凡的一生

不愿妥协，是因为不想错过想要的人生 ······ 052

职场新人，你要努力挣得一份安身立命 ······ 059

你的恐惧才是你改变现状的力量 ······ 069

没有特别幸运，请先特别努力 ······ 074

杀不死你的，只会让你更强 ······ 081

世界上最大的谎言就是"你不行" ······ 087

不主动尝试，就不知道自己多勇敢 ······ 097

你吃过的苦，终会铺成你要走的路 ······ 103

Chapter 3

111 ·········· 停止无效努力，要在人生关键点发力

越有力量的选择，越能往上跃升 ······ 112

比起忧虑未来，做好当下事情更重要 ······ 118

为什么要对不确定性保持乐观 ······ 125

把你的人生变得有无限可能 ······ 131

不抱怨，拥抱你选择的生活 ⋯⋯ 138

别怕困难，早点儿出发才能早点儿抵达 ⋯⋯ 146

多数自由的选择，都需要经济基础 ⋯⋯ 153

159 ⋯⋯⋯⋯⋯⋯⋯⋯⋯⋯⋯⋯⋯⋯⋯⋯ 拒绝舒适区，自律才能不平庸 Chapter **4**

自律：你的日积月累终会让人望尘莫及 ⋯⋯ 160

安全感：用努力与生活进行等价交换 ⋯⋯ 166

坚持早起，你的梦想终会成真 ⋯⋯ 172

摆脱平庸关键不是选择，而是积累 ⋯⋯ 178

对的事，天天做，活出更好的姿态 ⋯⋯ 184

女孩子为什么要奋斗，因为不甘庸碌 ⋯⋯ 190

很多的懒，不过是你不懂时间规划 ⋯⋯ 195

保持适度的饥饿感，变成更好的自己 ⋯⋯ 201

最重要的事，只有一件 ⋯⋯ 207

你要拼命，也要学会享受生活 ⋯⋯ 214

你越有仪式感，人生越容易成功 …… 222

当每件事都变得糟糕时，你该如何面对 …… 228

我们真的是凭自己本事单身的 …… 235

与自己来一场握手言和 …… 243

愿 5 年后的你，活出最想要的样子 …… 248

月薪 3000 元只是起点，去站到想站的位置 …… 255

你可以决定自己成为一个什么样的人 …… 261

生命岂能尽如人意，人人都要有嗜好 …… 268

愿你一直富有，愿世界对你不设限 …… 274

Chapter 1

成长就是不停跟自己较劲

是什么阻碍你过上想要的生活

1

梅子和我感慨"亲戚"的烦恼。

同母亲回乡探亲,亲戚们饭桌上念叨的"成家立业""工作稳定""早日成婚"让梅子感觉自身迅速贬值。

他们认为梅子读了大学,应享受比他们更稳定的生活,不必在外奔波,可以做个公务员或者老师,结婚生子,安稳一生。

当年没考上梅子所在大学的某亲戚女儿细妹,做老师包吃住月入 5000 元,年存款几万,比在外漂泊的梅子好得多。

但梅子自己问起细妹工作的事情,得知她的情况并不圆满。细妹读广告学,想毕业后从事广告文案策划,给房地产、服装品牌、化妆品等写广告,立志成为文案界大牛。毕业时,细妹却发现广告工作工资低,常常加班。父母觉得这样赚钱又慢又辛苦,就鼓动细妹回乡当老师。细妹同意了。

通过远房亲戚的帮助,细妹顺利当上老师。准时上下班和稳定的工资让细妹感到安定。然而一段时间过后,细妹没有了激情。她志不在此。过于平稳的小城生活让细妹觉得无聊,她想重新做回广告行业。

可是比起同龄广告人，她少了一年经验，能否找到工作，她心里没底。她也怕贸然离职伤了那位远房亲戚的情分。父母也坚决反对，怕女儿离职会难以照顾家里，细妹以后的生活也没保障。重重顾虑下，细妹继续留职工作，每月准时给家里寄钱。

"还能说什么？比起很多人，我的生活已经很舒适。一说换工作，家族都会群起攻之，说我折腾、矫情，容易轻松的不要，非得走弯路……算了，就这样吧！"

梅子本想鼓励细妹追求理想，听到她的感慨，只好作罢。

是啊，很多人过着的所谓"身不由己"的生活，看着都挺舒适——轻松、容易，不需要太努力。但这份舒适感，是阻碍人们过上理想生活的元凶。它让人们在"还算不错"的生活里，日复一日地消磨，不甘心又不想改变。总以为，理想可以等以后实现。

一切太舒适，就会失去前行的动力。

2

梅子在 F 市某企业做人力资源，月薪不高。刨去日常开销、给父母的家用，每月剩余不足 1000 元。这让梅子父母心理落差很大，本以为女儿毕业工作就能供车供房，谁知她的日子过得捉襟见肘。

梅子当初拒绝回县城教书的决定，被大家视为愚蠢。母亲也批评梅子：只看到现在，一点不为未来打算。

她今年本想趁过年和父母聊聊理想抱负、社会残酷。想想他们之前的态度，只得作罢。

梅子心里也盼望着早点做些成绩出来，她不停鞭策自己。毕业两年，她升了一次职，涨了一次薪，养成了跑步健身的习惯，考取了三级心理咨询师，并努力朝业余心理咨询师、专业心理咨询师奋进……

她享受把心理学知识运用到工作中的过程，在 F 市的小日子也过得有声有色。

可父母只看见女儿工资不高、存款很少，与一些同龄人有差距，感觉面子上挂不住，忽视女儿的努力和进步。

在外奔波的生活可能辛苦一些，劳碌一些，支持少一些。但正是那些不容易，才让人感觉在走上坡路。

梅子说：不能让生命就这样平淡地过了，竭尽所能去变好。

她定下目标：十年内一定要让他们看到自己的成就，让他们看到她的选择，她未来的生活。

知道自己想要的生活，愿意拒绝诱惑，愿意放弃现在的舒适，愿意为之奋斗，是生命之所以伟大的原因，也是很少人能过上理想生活的原因——大多数人做不到。

3

著名作家村上春树很喜欢长跑，数十年坚持每天跑 10 公里，坚持创作。意志坚定得让人感慨。他在文章《当我谈跑步时我谈些什么》中说："想偷懒的时候问一问自己，你作为一个小说家，不需要早出晚归挤在满员电车里受罪，也不需要出席无聊的会议，这不是很幸运的事情吗？"

在接受《大方》杂志采访时，对于坚持长跑的原因，他又说："不在一定程度上约束自己不行，生活太过轻松的话，人就要完蛋了。这也是我每天坚持跑步的理由之一。不想写的时候也要坚持写。"

逼迫自己离开舒适区，不把生活过得太容易，是村上春树持续创作佳作的原因。

嗯，生活太过轻松的话，人就要完蛋了。

随着社会经济的发展，物质条件的丰富，生活的基本物质需求很容易就能满足，不愁吃穿，还算体面。然而，这种生活并不等同于"想要的生活"。

想要的生活，往往在物质条件的追求上，伴随着理想追求，有认同感、归属感、价值感的实现，属于较高的精神层次。

现实中，很多人都没能过上想要的生活。

究竟是什么阻碍人们过上想要的生活呢？

答案是：舒适。

德国某作家说：没人愿意放弃现在的舒适换取以后的伟大。生活中的每一件事都必须廉价、快捷、容易。

是的，廉价、快捷、容易。

如此轻松舒适，你哪舍得逼自己一把。

4

没人愿意走那条更难的路。可是任何有价值的东西都不会轻易得到，任何有价值的东西都不会快速获取，任何有价值的东西都不会廉价。

如果你不愿意下厨，你将永远不会吃得健康；如果你不愿意起床，你将永远无法让美梦成真；如果你不愿意去健身房，你将永远不会有健美身材；如果你不愿意关掉电视，你将永远不会翻开书本阅读。

如果你不愿意走出舒适圈，你将无法过上想要的生活。

做好选择，别怕路途艰难，只顾风雨兼程。

怀着美好的期待去变好

1

第一次收到小孩满月酒请帖时,我读大二,二十岁。

小孩的妈妈是我的初中同学莲芳。我惊讶于她的邀请,毕竟和她有过一段不愉快的记忆。

初二那年,莲芳和我同班、同宿舍。莲芳是这个乡镇中学里少数长得好、会打扮,拥有 MP3 和诺基亚手机的女同学。

她是老师眼中的问题少女,却是其他同学眼里自带主角光环的传奇。

她打架,逃课,公开交男朋友,经常夜归或干脆夜不归宿。因为舍长的身份,我时常和她起冲突,却时常败下阵来。

每到周末放假,就有男生骑摩托车来接莲芳。莲芳和其他几个女孩坐在摩托车后大笑着绝尘而去。

与我结伴走回去的女生,在飞扬的尘土里咳嗽着。有人羡慕说:"要是我也有人接,不用走路该多好。"

我说:"不用羡慕她,那是停滞不前的虚张声势。"

初三,学校将班级重新编排。我和莲芳分在不同班,总能听到她逃课被批评处分的消息。中考时,逃课好几天的她被父亲押着来考试。

后来莲芳和男朋友一起去深圳打工，她的校园传说渐渐被淡忘。直到她结婚生子，请我们去喝满月酒。

我没参加，给她寄了一套孩子的衣服。

到场的同学说，莲芳她老公在酒席间闹起了脾气，很不满莲芳邀请那么多老同学，说多摆几桌又多花两千块。

一向泼辣的莲芳在老公的责骂下没有出声，默默流泪。

老同学悄悄在给孩子的红包里加重了分量，希望她老公不要太难为莲芳。

同学们感慨莲芳变化很大，她现在这么没脾气，完全不像当年那个她了。打开她的QQ空间，看她手抱女儿低眉顺眼地笑，我有点心酸。

2

摆满月酒是莲芳的第二胎，第一胎生的是女儿，那年莲芳未满19岁，没有满月酒。

三年多过去，她的相册从青春时代洗剪吹式的飞扬跋扈，到一家三口的合照，虽为人母，却稚气未脱，眉目间的泼辣荡然无存。

生下第一个女娃后，莲芳辞职了。他们一家三口在深圳某个城中村的一个单间里住着，老公是工厂工人，她在家带孩子，洗衣做饭，偶尔带孩子逛公园。

她的空间说说从努力赚钱的口号变成了对孩子老公絮絮叨叨的抱怨。

闲时她会上QQ，偶尔找我聊天。

莲芳问我：大学生，忙吗？

我：没有，在搜些期末考试需要的资料。

莲芳：好有学问。

我：恭喜你，都结婚生孩子了。

莲芳：是啊。不过是女儿。

我：男女都一个样。当时没考上高中，怎么不去读技校？

莲芳：不想去。读技校后还不是要出来打工，还不是要找人嫁了？我现在挺好，老公养着，不用工作。不过，还是在学校时好呀，没生活压力。我习惯自由和潇洒，读书不适合我。

莲芳：孩子醒了，我去喂奶。

我：去吧。

我想，即使再回到过去，很多人也是无法改写命运的。很多人或许都和莲芳一样，只想回到那段青春时光再享受多一次放纵，而非改变。

莲芳只想延续青春期的放纵和浪费。放纵之后，把人生一切变好的可能都押在一个男人身上，押在一次婚姻上。自己所有改变的可能，也都被屏蔽掉。

然后，生活给予的回答是：任何时候，都不要指望谁能拯救一个对生活举手投降的人。

没有一技之长，没有工作，需要抚养孩子，老公粗鲁，当众嫌弃她——她的生活陷入困境，却无力挣扎，被凌乱和困顿拖着走。

生活的每一步，把"别人"计算得太实在，就容易缺少那点未知的可能性。未知，往往不是失败和痛苦，里边还有希望。

放弃选择未知，一开始就是失败。

习惯的力量很大，当你习惯走同样的路，吃同样的饭，见同样的人，那样你会错过另一条路上别样的风景。

过早地习惯放纵和享受，就容易错失努力带来的"生活的控制感"，就容易缺乏对未来的"期待和欲望"。

另一条路或许并不难走，可能是路上的一处拐角，也可能是原来路上的往前两步，为什么不试着走一下呢？

3

与莲芳对生活的"实在"态度刚好相反，朋友小Ａ几乎看破红尘。

小Ａ大学毕业后在一家银行当柜员，每天的工作就是点钞票、拉业务，给客户送点小礼品，然后再点钞票。

一年半前她击败上百名竞争对手，获得这个岗位。本该是众人羡慕、薪资丰厚的工作，没想到才一年，她就感觉到生活很无聊，日后几十年一眼看到底，她活得很无力。加上同事间对客户量的竞争，父母对她单身的不理解，她觉得身边的人很冷漠，没有人会帮她，没有人和她交流，她充满了无助感。

她说，有时想想，生活也就是这样了——苦难的、辛酸的……日复一日，年复一年，循环往复。

她跟我说这话时，感觉像苍老了十几岁。

为什么不自己先去交流呢？为什么不先求助呢？为什么不可以自己给自己一点小惊喜呢？

去买一束花，去参加同城的跑步活动；或者只是去书店、咖啡厅待一天；抑或来一场短途旅行。

只要度过这个无望的时刻，明天又是新的一天。

活在这世上，总要有点活下去的欲望。这点欲望可以是变酷、变美，赚很多钱，有个男朋友，有个女朋友；抑或只是下一顿吃什么，明天换什么发型。

如果那件事让你有快乐或期待，就多想想，然后去做。

没有一点变好的欲望，哪怕只是极其微小的改变，你也很难做出。

生活，需要在不断地打破和建立平衡中，寻找和建立越来越美好、自信、舒适的自己。

没有勤奋的天赋终成过眼烟云

1

小叔热爱看书，他读初中那会儿流行小人书，作为金庸迷，他在课上看《射雕英雄传》。

书被缴了，小叔被老师通报家长。

爷爷觉得太丢面子，去到学校把小叔揍一顿，说不再让他读书了。

当兵的父亲回到乡下，跟爷爷说，他负责小叔的学费，爷爷不再过问。

父亲塞给小叔 5 元钱，说拿去买书吧。对 20 世纪 80 年代初期的学生来说，5 元钱是一笔巨款。那是父亲当兵的津贴。

小叔当时在县级市的期刊上发表过一篇豆腐块文章。父亲认为小叔有读书的天赋，有写作的天赋，他觉得将来家族里可能会出一个文豪。不能因为穷而扼杀掉他的可能性。

小叔终究没有成为文豪，初中毕业他到深圳打工，遇到了婶婶，结婚生子。他从手表制作厂的工人升为钻床师傅，从承包户变成了老板，再没有和写作沾边。

过往看金庸武侠，看《杨家将》《水浒传》，看古龙小说的文学底蕴都变成了小叔寒假回家过年，跟孩子们讲故事的资本。

　　我很喜欢小叔讲杨家将、讲穆桂英挂帅的故事，比起枯燥的历史课，小叔的讲述多了生动的场景和几分英雄气概。

　　"小叔太厉害了，比我们历史老师厉害。"我对老爸感慨。爸说："当然，当年你小叔可是发表过文章的，是作家。"

　　小叔摆摆手："没什么用，都没坚持。隔壁十三叔的女儿当时可比我笨，可她坚持读书，听说上大学还连续发表文章，人家现在都大学教授啦。我呀，还只是个体户。"

　　说起这段过往小叔很动容，他吸一口烟："如果当时坚持写下去，今天或许不同。"

　　小叔看着我："听说你也在写文章，也算是文化人了，千万不能骄傲，不要放弃。天赋谁都有一点，但你不去做，不去坚持，到头来，依旧一无是处。"

　　想起作家严歌苓说过的一句话：有天赋是幸运的，但是，用足够的意志来实现天赋，恐怕是更大的幸运。

2

　　前不久，一个写作了一年的作者要出书了，她叫末末小七。

　　很惊讶，为什么写一年就能达到出实体书的水准了呢？

　　原来，在初中时她就开始写作，写日记，写小说，写散文，一年前往某公众号投了一篇稿，反响很好，各"大号"纷纷转载，阅读量呈几何级数增长。

　　这件事坚定了姑娘写作的决心，从此她在新媒体写作的道路上狂奔。

小七说，她热爱写作，所以一开始写，尽管慢，但是坚持下来，一年前进入新媒体写作也是契机吧。那时她是新手，很多写得多写得好的人走在她前面。

一年过去了，通过每周写两三篇文的坚持，她慢慢超过了一些人，走到了前面。

是不是她比别人有更多时间看书和写作呢？

不是。小七是普通上班族，用业余时间来写作。她经常需要加班，每天工作时长为十几小时，尽管这样，姑娘还是坚持每天晚上11点钟以后写作。

平时乘车，吃饭的零碎时间也被用起来，看到一些现象就多思考，有灵感就迅速记下来。因为文章质量高，就有编辑来约她出书了。

看起来顺风顺水，实则也是一路战斗：拖着疲惫的身体在台灯下码字，拒绝很多社交，几个月不出去逛街，节假日就连续两三天对着电脑写作。

她跟我们说，她相信热爱和坚持的力量，笨一点慢一点没关系，能坚持下去一定会有所收获。

之前，我以为她可能是一个比我们有天赋的姑娘，所以写作不仅高产，而且涵盖范围广。了解了她的经历之后，我不禁感叹：原来，所谓天赋不过是热爱加坚持。

小七现在的作品都是她七八年来每天稳扎稳打的阅读和写作累积起来的。一边咬牙前进，一边抵达。

那些一开始跑在前面，现在却杳无音信的人呀，你们放弃了吗？会否在某个夜里想起自己拥有天赋的时刻？

西谚有云：每个人生来都是天才，但大多数人只把天资保留了几分钟。

这或许是大部分人一生庸碌的原因。

3

一个作者曾说过：要在一个行业里赚取利润，就必须做到前 20%，而那 20% 的人都是因为不断地输出而被记住，被赋予价值。

我们能记住的演员，能记住的歌手，所崇拜的作者都是因为他们不断地更新作品。

20 世纪被人称作"天才歌手"的邓丽君，如今的 KTV 里很多她的歌曲都是热门歌曲，去世至今受到无数歌迷的推崇与怀念，对中国大陆流行音乐有极大的影响。

她一共出了 21 张专辑，有 444 首歌曲，出道的 29 年里，唱过 2000 多首歌，涵盖国语、闽南语、日语、印尼语、英语、粤语、意大利语等各语种。

刘德华能红几十年，是因为几十年里他的影视作品一直不断，从 1982 年出道至今，共参演过 100 多部作品，几乎每年参演三四部电影。

歌手陈奕迅，1995 年出道至今，唱过 2547 首单曲，自己的歌曲有 300 多首，专辑有 31 张，平均每年出 14 首歌曲。

我喜欢的作家严歌苓从 1979 年发表处女作以来，共创作22 部长篇小说，24 部中短篇小说（其中的英语版本多是她个人再创作，而不是翻译），还有其他无数剧本和散文……平均每年三四部作品。

他们有天赋吗？当然有。能红一时的演员，能一时受热捧的作者，他们都有天赋。

可他们的天赋不会永远都有，被记住的拥有天赋者都是勤奋的结果。

那些能在行业内有地位、有影响的人，都是因为他们用勤奋打磨天赋，把天资延续了数十年。

那些没有勤奋的天赋终会成过眼烟云，一无是处。

4

那么如何把自己的天赋延续下去呢？

宋朝的王安石就在《伤仲永》中提到过：金溪一个叫方仲永的人，5 岁就能写字能题词，写的文章有文采有道理，被认为是天才。于是父亲带他四处拜访求利，不让他学习。在仲永 20 岁时，终于"泯然众人矣"。

王安石认为，仲永的天赋比一般人要优秀得多，但最终成为一个平凡的人，是因为他后天所受的教育还没有达到要求。

我把后天教育理解为在行业里的持续知识积累和刻意练习。

这个道理放到今天依然适用。

人工智能和信息爆炸的时代变化太快，"终身学习"和"刻意练习"的理念随之兴起。终身学习是把学习时间拉长到一辈子，目的是适应社会的变化。刻意练习是指人们为了习得一项技能，有意识地反复持续地练习。

"刻意练习"和"终身学习"是可操作的，也是把天赋延续下去的手段。

正如天才艺术家米开朗基罗说：如果人们知道我是多么努力地工作换来了我的成就，似乎也就没什么了不起了。

5

美国作家丹尼尔·科伊尔在《一万小时天才理论》中提到一个观点：精深练习 × 一万小时 = 世界级技能。

意思是：一个人要想成为一个天才，天才歌手也好，天才作家也罢，都需要练习一万小时才能达到行业内的天才级技能。

书里提到一个案例：

一家鞋厂的工人雷·赖蒙堂，在他22岁那年突然想做一名歌手兼作曲家。赖蒙堂没有接触过多少音乐方面的知识，也没有钱，于是他采用了一个简单的学习方法：买回了数十盘唱片专辑，有斯蒂芬·斯蒂尔斯、奥蒂斯·雷丁、艾尔·格林……

然后他闭关练习了两年。每天他都花几个小时练习跟唱。

赖蒙堂说："我知道自己唱得不对，就一遍又一遍地唱，喉咙一直是哑的。我练了很久，终于知道了怎么用腹部唱歌。"

8年后，赖蒙堂的第一张专辑卖了近50万张。《滚石》杂志评价说：他的声音听起来像是教堂里的赞美诗，而听众则误认为是奥蒂斯·雷丁和艾尔·格林的声音。

人们都认为赖蒙堂的声音得天独厚，很有天赋，但了解他的人都知道，那是坚持练习的结果。

一万小时练习法则的关键在于：没有例外之人。

没有人仅用 3000 小时就能达到世界级水准，7500 小时也不行，一定要 10000 小时。

所以，一个技能，你每天练习 2 小时，那么你就需要近 14 年才达到世界级水准。

如果你每天练习 3 小时，需要近 10 年，才能达到世界级水准，无论你是谁。

这样听起来有点残酷，不妨换个角度思考：尽管你很平凡，你的天赋也不突出，只有一点写作的才华，只有一点歌唱的天赋；但只要持续刻意练习，有耐心，有自我管理的好办法，以一万小时的长度去练习，定能成才。

世上没有那么多幸运儿，没有那么多天才，所谓天才也不过是勤奋的天赋者。

别因为想"定下来"而搁浅生活

1

当卖保险的 L 小姐跟我说："怎么办？一个同龄好友开上宝马了，我却还在为几千块的单子奔波。"

"你的朋友还有我呀。一个人的收入水平，约等于周围朋友的平均收入。对不起，拖你后腿了。"

L 小姐白我一眼，叹口气。我白回去，叹两口气。

"25 岁，住阳光房，月收入时常过万，有男友，还有什么不满足的呢？"

"不能满足呀！我妈还在生病住院，家里还在建房子，男友的社保没满三年，不能买房。我还没存够钱买车……"

"那你究竟要干吗？"

"我要努力存钱买车，有车就方便回去看妈妈了，买车后就和男友一起买房，然后腾出时间去旅游。"

我听明白了。买车是大目标，要实现它后，现在的生活和此后的计划才能实现。

"那你现在不能回去看妈妈吗？家里建房不能迟一点吗？"

L 小姐沉默一阵后，她说没办法，生活艰难，现在要赶紧打电话，为大单子做准备。

她把买车作为一切其他事情进行的前提，她设置好目标，制订计划，确保一击即中，不能忍受任何不确定。她想及早定下一件事，定下来什么时候买车，定下一份工作，定下来和谁在一起，定下来在哪儿买房……

当一切定下来，她才能松一口气，用剩余生命做其他事。

买车这个动力起源变成了 L 小姐的枷锁，把她拴在一个地方，哪儿也去不了，什么都要让步。她忘了，一切都在变，"定下来"需要时间。有目标是好事，但以未得到的东西搁置现有的生活不是好事。

2 个月后，因为 L 小姐母亲需要动手术，她请了半个月的假回家陪母亲。

再相聚时，我们在地铁口旁吃水果。

L 小姐的家人选择了保守治疗，母亲住院会是长期状态。

回家看望母亲的半个月里，L 小姐也在家里接一些单子，并没有耽误工作。

现在的她，不再急着"定下来"了，她说："虽然还没存够钱买车，但能照顾母亲，又不耽误工作，挺知足的。客户也会成长，目前单子金额虽然不大，但经营好这些关系，总会有收获。"

我从这些话中，感受到了 L 小姐心态的变化。

2

信息大爆炸的时代。有很多才做一两年就月薪过万、年薪几十万的职场能手；有很多 90 后创业成功，融资几轮，身家千万甚至上亿的神话。

那么多传奇，却没有一个属于自己。每天焦虑，每天为焦虑而焦虑。这也是之前 L 小姐想"定下来"的原因。

此前联合国官方微博给"青年"定义的年龄是 15 岁到 24 岁的群体。也就是说，1992 年出生的人已经被划分到中年人行列了。从这个层面来说，L 遭遇的是"中年危机"。

一切悬而未决，这让人恐慌。但人们忘了，大部分的职场状态，都是缓慢地曲线上升。多数人都会度过平凡的一生。

那些庸庸碌碌的"赶"，毫无头绪的"忙"，自认为感天动地的"努力"，不过是对现有生活的搁置。这跟"你只是看起来很努力"以及"低品质的勤奋者"一个道理。

刘瑜在《被搁置的生活》里写过一个关于"写博士论文"的故事。

她的博士论文写了三年，在家、在咖啡馆、在公园之间晃悠，然后不辞辛苦跟人宣称在"赶论文"。

她给自己列了一个清单，上面列举着"写完论文以后"要做的事情，包括：尽情地看恐怖推理小说；一周去看两场话剧；到一个不知名的地方去旅行，住上两个月……

她把"兴趣""爱好""愿望""梦想"，或者说，"生活"本身，都给推迟到了"论文完成之后"。

刘瑜总结为：虚假忙碌和搁置生活。

这样虚假充盈的生活总在另一场"定下来"以前。

3

日剧《东京女子图鉴》讲述了一个乡下女孩绫到东京工作奋斗的故事。

从 20 岁到 40 岁，20 年的奋斗时光，绫经历过几段恋情，几次工作变动，一次婚姻。最后，她在东京郊区买了一套二手公寓，跟相伴多年的男闺蜜在一起了。

这是美好结局吗？

不，不是，该剧的最终章标题应为《贪婪的女人最后会通关吗？》。

直到剧情结束，绫的生活也没有安定下来。

她挽着男友的手在郊区散步，对面走来一对牵着贵妇狗的情侣，女人穿着红色皮毛的外衣，挽着高大帅气的男友。绫看在眼里，把女人想象成了自己的模样。

40 岁的绫对着镜头说：一起加油吧！一步接着一步。因为想得到的东西还有很多。

这开放式的结局与打问号的标题相对应。

其实，不到死的那一刻，哪有什么尘埃落定，哪有什么结局。

每一个阶段都逃不了欲望和迷茫。

只不过是每一步有每一步的风景。

40 岁的绫在物质方面充盈，感情关系稳定，尚且需要一步一步去加油。

你又何必去等待一场"定下来"？

真正喜欢的，难以轻易得到。

这是去尝试和奋斗的理由。

4

去年同学的婚礼上，朋友 Chan 跟我说，等我工作安定下来，找到男朋友，就去旅行，就去各个城市的图书馆和咖啡厅看看，享受生活。

果然，如我所担心的一样。

Chan 工作一直没转正。男朋友也一直没见到。制订的旅行计划也一直搁置着。

上个月，她来到我的城市。我们一起爬山，举杯相庆。酒后吐真言，正当我想劝 Chan 去旅行时，她跟我说："没有男朋友的旅行也很爽呀。"

原来看我不是目的，这是她的旅行呀……

Chan 朝我笑了。

Chan 有一份正职，后来她把客串的婚礼主持变成了副业。因为平时看书多，有内涵，又风趣幽默，几次主持下来，迅速积攒口碑。

婚礼主持业务和价格都往上升。

"工作和找男朋友是为了金钱和安全感，现在通过婚礼主持实现了，也没必要等这两个定下来再去旅行了。耽误生活！"

一切还没"定下来"，你就必须摸索前进。悬而未决，在这个快速变化和多元的时代是常态。作家古典在《你的生命有什么可能》里如是写道："如果你学不会享受这种不确定感，不懂得在其中获得点乐子，这时代真的会要了你的老命。"

不确定，也是美好的，需要享受。要知道，感情最美好的状态，是暧昧。一切模糊未清，一切还未昭明，一切心照不宣，一切蠢蠢欲动，一切生机勃勃。一场偶像剧，男女主角还在恋爱，有点猜忌，男配女配在作怪，关系还未明朗，我们看得津津有味。一旦确定关系，故事也快到尾声了。

如同打一场游戏，不清楚对方实力，全力去抗衡才有意思。

你不必等待一场"定下来"。

每一次努力都会有所抵达，就已经够了。

5

罗振宇说："你奔着一个目标去行动，这个目标未必能达到，但是一定有意外收获。"

自己是独一无二的主角，还是平淡无奇的配角，需要自己去寻找。

要不要创业？要不要换工作？要不要一毕业就结婚？要不要早起？要不要请假？要不要减肥？要不要去看这场电影？要不要退票？

人生何处不为难。

该享受的生活，想做的事不能推到"等我 XX 定下来"以后，因为你很可能等不到。

不能因为没目标搁置生活，更不能因为有目标搁置生活。

真人秀节目《奇葩大会》上，蜜芽 CEO 刘楠说："其实创业对我来讲，是一种生活方式，我想生活在一个自己想生活的世界里，但是等不及别人来，所以我就自己去做这个世界。"

《东邪西毒》里，剑客洪七说："谁说不可以带着老婆闯荡江湖，事在人为。"

嗯，去做一个世界，嗯，事在人为。

不管是探望亲人、稳定工作、实现爱情，还是创业、旅行，甚至看完一部电视剧……你如果不去做，一直等待，都很难实现。

未达到的目标不该成为耽搁生活的借口。

嗯，别去等待一场"定下来"，也别指望什么"定下来"。

一步接一步，去尝试和创造吧。

接受自己去改变，胖子也能有春天

1

一个 20 岁的肥胖女孩在 Quora 上讲述了自己灰暗的人生经历。

她提了一个问题：我怎样才能在接下来的一两年里完全改变我的人生？

胖女孩说，她 13 岁就立志减肥，拿奖学金，到其他地方学习。但目前为止，她一点也没做到。一年年的肥胖使得她脊椎变形。

11 岁时父亲就带她去看营养医师，她开始节食，但是她总会在很短的时间里放弃。

这种状态持续了 7 年，而她深陷困境，无法抽身。她自知以她的知识水平无法获得奖学金和实习机会，连她自己都不会雇佣自己。

她意识到自己的脆弱与缺点：自私，懒惰，嫉妒别人的成功，固执，过多的自我关注，年复一年为自己没改变而绝望。

她憎恨自己如今的生活。

她每个月需要面对三次艰难的测试，而且她无时无刻不在狂吃，能做的就是无所事事看两季电视节目。她基本每隔五六天才出去一次，但却对朋友撒谎说不在家，这样就可以一直看电视和吃零食，她本人也总是感到愤怒。

女孩在故事后面写道：请告诉，我怎样才能修复自己？怎样才能完全改变？怎样才能减肥？怎样做一个更好的学生去往其他地区学习？我知道怎么去做，可是就是找不到动力，请不要只是告诉我"去寻求帮助"。

2

看到这个提问，我想到在日本留学的高中同学樱。她也曾有这般灰暗的经历。

樱患过小儿麻痹症，腿部肌肉萎缩，很难再生长，所以走路时也会一瘸一拐。因为这个病，樱的双腿非常细瘦，总有种撑不住上半身，随时摔倒的感觉。

樱自卑，没什么朋友，她把大部分对生活的喜爱寄托在吃上面。

她喜爱一切油炸食品，校门口的小吃摊前和零食店里常有她的身影。她不喜说话，与人见面不打招呼，拎着零食就往宿舍走。

饭点时间她也不吃正餐，在宿舍的床铺摆上自己的书桌，吃零食。

因这个习惯，本来不瘦的樱变得更胖了。当时她162厘米的身高，体重140斤。因为双腿不会长肉，肉都长在了上半身，整个人看起来像150多斤。所有的体育课和活动课樱都会请假。

高二下学期一次体检，樱的体检表上的病症多了肥胖、高血压两项。她的家人向学校申请休学一年，樱死活不肯，她跟班主任请求，一定好好努力，提升成绩。

后来得知，她不富裕的农村家庭并不是打算让她休学一年，而是让她去深圳打工补贴家里，供弟妹上学。家人觉得在她身上付出太多，而她的病痛却越来越多，像无底洞。不如去打工，瘦下来还能少点病痛，帮补家计。

到了高二下半学期，樱拼命地学习。体育课和活动课全都拿来做模拟题，下完晚自习也坚持在教室学到晚上 10 点钟，直到楼管提醒关灯回宿舍。

高三上半学期，她的成绩由垫底慢慢提升，变成班里中上水平。

她慢慢戒掉油炸食品，在晚自习后在校园操场走几圈出出汗，把体重降下来。

终于在高三毕业时，她的体重降为 110 多斤，也考取了不错的成绩。

樱报了一所离家很远的 211 高校。

3

高三时，班主任让我们在桌子旁贴上自己的座右铭，鼓励备考疲惫的自己。

樱当时坐我旁边，她的座右铭是：你的问题在于你读书太少，想得太多。

那时并不知道这是杨绛先生的名言，只觉得特别。

大学时，樱时常在 QQ 空间里更新动态，多数是读了什么书，附上一些书籍的名言，以及对某个问题的思考。

大四毕业时，樱参加了本校研究生考试，顺利通过。去年樱拿到去日本做交换生的机会。她很开心地在群里分享在日本做代购的新鲜感，以及为找到"日剧跑"的原因兴奋不已：日本地铁太贵，几站路的车费差不多要30元人民币，打车也是，计费表跳得比心脏还快……

于是，快步疾走成了她的日常状态，顺便瘦到102斤……

樱这么总结：如果你没有动力去变好，那一定是因为不够悲惨。

当时她发狠读书是出于对工厂的害怕，想到日后要拖着肥胖的身躯陷入日复一日的机械化劳作里，她就感到深深的绝望。因这份绝望，因对这份绝望的恐惧，樱抱着"再不读书，就永无出路"的想法，试着去努力走几步。

那"努力的几步"是有用的，她考上了大学。

在大学里，她上进的力量由对现实的恐惧变成发自内心想变好的欲望。

然后，樱成了今天的樱。

樱的状态就是开头那个肥胖女孩想要变成的样子——用一年时间改变自己，成为一个优秀的学生，去其他地方上学。

樱的改变所需要的时间并不如女孩所期待的用一两年时间。但是没有开始那一年的努力，也无法够到今天这个可以行走异国他乡、健康自信的自己。

改变的动力来自哪里？

最初改变的动力来自内心的绝望，对绝望的恐惧，对恐惧摆脱的念想，那是"不想"的力量，逼迫着樱一步步在操场上走，一题题在模拟卷里思考。

越到后来，樱对未来越有期待，越有自己的计划和步骤，考研，留学的一步步实现，源自"想要"的力量。

4

针对肥胖女孩的问题。Quora 上另一个 23 岁的印度男孩用自身经历进行回答，点赞极高。

男孩放了一个戴眼镜呆呆的大胖子照片——17 岁的男孩220 多磅。

他胖，但他有梦想，他想做天文学家，想环游世界，想到其他国家读名校……

但他有阅读障碍，他的阅读速度是常人的三分之一，所以在学习课程时，他要花别人三倍多的精力才能完成。

尽管很努力，但男孩成绩还是很差，所以一年后，他暂时放弃天文学家这个梦想。

18 岁时，男孩选择了修习计算机和电子通信工程，因为这个专业读起来不难，学费也便宜，而且好找到工作。

毕业后，男孩一边做工程师，一边跑步，一边坚持学习天文知识。

就这么坚持两年，奇迹发生了，男孩申请的几所美国名校录取了他。

他获得全额奖学金入读。

后来因为跑步，他爱上了马拉松，用一年时间参加伦敦、纽约等各大城市的国际马拉松。

220多磅的他减重到150多磅，成了阳光健康高学历的帅小伙。

如今男孩依旧做着工程师的工作，不过他变成了高级工程师，收入不菲。

而天文学呢，是他目前修习的专业，他掌握了越来越多的专业知识，对喜欢的领域有了更深一层的了解，也算实现了梦想。

他说，这几年，他算是从穷胖庸碌的人生低谷中逆袭成功。

因为亲身经历过辛苦，他明白一个胖子要走出人生低谷不容易。因为他们需要拖着笨重的身躯多做一项任务：减肥。这会耗去极大精力。

但是胖子要走出人生低谷也很容易，只有两项：健身和读书。只要去做一定有所改变。

肥胖女孩的提问后面，男孩附上这么一段话：

当我处于低谷，感觉无望时，我就告诉自己我有两个选择：

一是保持原样，让自己和身边的人都感到悲哀。

二是接受现在的自己，为自己和家人去努力工作，去追求一个更好的未来，光明的未来。

我选择了后者。

我知道，如果你今天开始，你可能不会立刻看到效果，但是，真正的进步都需要时间来见证。

嗯，接受现在的自己，从现在起去改变，去追求一个美好未来。

时间会见证你的进步。

你总会走出人生低谷。

5

最后，为准备走出人生低谷的胖子们附上健康减肥小贴士。

六不要：

1. 不要依赖过度节食，容易放弃和反弹。

2. 不要指望药物减肥，对身体功能会有所损害。

3. 不要在减肥期破罐子破摔，减肥期间如果某次控制不住吃了东西，不要立刻放弃，暴饮暴食。应及时止损，吃了就吃了，当作没事发生，继续坚持减肥。

4. 不要吃油炸食品和含糖量高的食物。

5. 不要抠喉，对胃和食道不好，而且容易出现间歇性暴食症或厌食症。

6. 不要指望减肥立即见效，多一些耐心，需要时间达成的健康身材才会持久。

六要：

1. 要接受现在的自己，你很胖，但是要相信你一定会变好。

2. 要多吃蔬菜、水果、粗粮、鸡蛋和鸡肉等纤维高或蛋白质丰富的食物，少吃淀粉过高等容易囤积脂肪的食物。实在忍不住吃零嘴，一定要选热量低的，例如杏仁、腰果等坚果，或话梅、纤维饼等食物。

3. 要先找寻一个比较容易做到和轻松的减肥方式，喜欢跑步的可以参加跑步团体的活动，喜欢跳舞的可以选择跳舞，让运动成为兴趣和寄托。坚持"三分练，七分吃"，例如每天运动10分钟，每顿吃8分饱，为做到奖励自己，买喜欢的衣鞋等，维持动力。

4. 要锻炼，最初减肥可以去健身房，或者约同伴一起并制订计划和行动，这样更有动力。健身房的课程和教练、环境等都让你有燃脂欲望，也容易养成健身的习惯。

5. 要多喝热水。一是促进血液循环，进行新陈代谢；二是饭前一杯热水可以增加饱腹感，降低食欲。

6. 要坚持！要坚持！要坚持！减肥是场持久战，做到六不要后，你会慢慢瘦下来。体会到健康身体的好处后，就不容易胖回去。通过耐心达成的减肥，会让你的饮食习惯和身体细胞发生改变，并维持下来。

关起回首过去那扇门，大步往前走

1

美国青春喜剧电影《重返十七岁》有一幕很让人动容——重返 17 岁的男主角 Mike 在操场上搂着刚失恋的女儿说：

"在你年轻的时候，任何伤心事都感觉像是世界末日。其实不是末日，一切才刚刚开始。"

这句话，耐人寻味。

20 年前，Mike 希望通过一次篮球赛获得奖学金进入大学，比赛前女友告诉他：我怀孕了。他果断放弃比赛，选择和她结婚。

20 年后，儿女成双。Mike 经历中年危机——儿女叛逆、职场失意、婚姻岌岌可危，他对生活充满了抱怨，觉得自己选错了。他把所有的罪责推到妻子 Scarlet 身上，他总想当年要是拿了奖学金上大学……

前来挽回欲离婚的妻子时他们发生了争吵，他理直气壮：可是我娶了你。

他想，如果重返 17 岁，做一次不同选择，人生或许不同。

一次回校，化身清洁工的灵魂导师帮 Mike 重返了 17 岁。

于是，他回到高中就读，帮助女儿认清渣男友，帮助儿子反霸凌和进入篮球队。可是，他无法阻止妻子 Scarlet 把离婚提上诉讼日程。

电影最后，Mike 又获得一次拿奖学金上大学的机会，需要面对和 20 年前一样的选择。可是看到中年 Scarlet 走到球场外，他还是做了和当年一样的选择：扔下篮球，跑去追妻子……

Mike 回到 17 岁，能重新审视自己的生活，可他还是没有改变过去。

有人说，当你问一个人，做这个好不好？买这个行不行？其实你内心早有选择，只不过想多一些外力的支持。

正如面临选 A 选 B 的难题时，你抛一枚硬币。当硬币抛向空中，你内心默念，正面吧！

早有决断，只是需要通过仪式给自己肯定的力量，以便将来后悔时，可以不用担全责。

许多时候，回忆往事，以为当年的选择是错误的，然而我们有机会重选一次，选择结果是一样的。

因为只有你知道，当时的自己最看重什么，又怎么会错呢？

英国著名心理学家亚当·菲利普斯说：

人类最大的幻想是那些"未曾度过的人生"——那些我们觉得自己应该，或者本来可以拥有，却出于种种原因错过的人生。

2

　　说到人生的选择难题，东野圭吾的《解忧杂货店》给人很多启发。书里讲述了五个处于人生迷茫阶段的年轻人，不知如何取舍，向浪矢杂货店写信求助的故事。

　　第二个故事的主角叫克郎，他立志成为歌手。

　　读大学的他为了音乐梦想不惜休学，然而追梦路上处处碰壁。在家乡的父亲因身体不好，所开鱼店需要他继承。克郎夹在"追求梦想"和"接受现实"两个选择之间不知如何抉择。

　　他写信给浪矢杂货店求助，却被告知"继承鱼店"，他很愤怒。最终他还是决定去往东京，追寻音乐梦。

　　杂货店主仿如早已知晓他决心一般，回了他第三封信，告诉他：

　　你在音乐这条路上的努力绝对不会白费。

　　有人会因为你的乐曲得到救赎，你创作的音乐一定会流传下来。

　　请你务必相信这件事到最后，直到最后的最后，都要相信这件事。

　　许多年里，克郎参加各种歌唱比赛，往唱片公司寄录音带，做各种街头演出，还是无人挖掘，寂寂无闻。

　　一次他前往孤儿院进行慰问演出，孤僻的女孩小芹唯独喜欢他创作的歌曲《重生》。

　　后来，孤儿院发生火灾，克郎救了女孩的弟弟——以生命的代价。

　　他的歌曲《重生》成了小芹——后来的稀世天才女歌手每

次演唱会落幕的必唱歌曲。

临死前，克郎回想起那封信的内容，他一直相信着。

东野圭吾先生在回顾写作过程时，他说自己始终在思考一个问题：站在人生的岔路口，人究竟应该怎么做？

克郎不知道，那些信不是浪矢老爷爷写的，而是未来的几个知晓他结局的少年写的。

他的勇气和坚持，没有换来功成名就。甚至到人生最后，他还在问：老爸，这样算不算留下了足迹？虽然我打了一场败仗。

哪有什么败仗可言呢？

没有他的坚持，就不会有《重生》，也不会有稀世天才女歌手的诞生，后来那几个未来少年也不会熟悉他的歌曲和故事。

只是，他看不到了。

3

"站在人生的岔路口，人究竟应该怎么做？"

这是我们大多数人都想过的问题。然而，究竟该怎么做呢？怎么做，才不会错？怎么做，人生才能往更好的方向走去？怎么做，才能不留后悔和遗憾？

Mike 如果选择打完篮球赛，拿到奖学金上大学，他或许会遇到更好的妻子，过上不同的生活。

但即便有重新选择的机会，他还是选择走向 Scarlet。

克郎当时选择继承鱼店，或许会平静而安全地活下去。但他无法向梦想妥协。未来的力量，都无法改变他的决定，只好鼓励他坚持走好自己选择的人生。

电影《牛仔裤的夏天》里那个患上白血病的 12 岁早熟女孩，她一直乐观面对生活，做想做的事，结识想认识的人，现实生活快乐简单。临终前，她说：我很害怕，害怕在那个世界找不到属于自己的位置了。

我想，大部分人内心恐惧的，都是怕找不到自己在这个世界的位置吧。

那些做出选择的人，无非是下定决心自己站在哪个位置了。

Mike 放不下爱情、儿女、家庭，克郎放不下音乐、梦想。所以他们选择舍弃一些东西，获得自己渴望的。

人们常说：天黑路滑，社会复杂，人心叵测，江湖险恶。

这个社会上有坏人，有好人，有蠢人，有聪明人，有懒人，有勤奋的人。懒一点的可以做跑堂、配角，勤奋一点的可以做名角、主角。各有各的位置，各安天命。这都是我们老祖宗留下的人生智慧。

心理学上有一个皮格马利翁效应，说人们基于对某种情境的知觉而形成的期望或预言，会使该情境产生适应这一期望或预言的效应。

你期望什么，你就会得到什么。

很多时候，一个人的生活走向，做出的选择，是由当时很多的人生羁绊和说不清道不明的内心情愫影响的，还与你的性格、心之所想有关。

这就是"回到过去"和"未来的力量"都改变不了你当时

的选择的原因。

所以说，不存在"未曾度过的人生"，因为你根本不会做出另一个选择。

4

那么，是否我们的生活从选择那一刻起就定了呢？

是否位置总是一成不变？

是否就该在自认为糟糕的位置上混吃等死呢？

Mike 再次扔下球，向 Scarlet 追去的时候，他变回中年的样子，重新获得 Scarlet 对他爱的信心，阻止了婚姻破裂。

后来他成了高中的篮球教练，摆脱了销售壮阳药业绩良好却无法晋升的窘境。

克郎虽然在音乐道路上一直无法成功，却如信里所说，有人因为他的乐曲得到救赎。

可那是别人的人生，那么迷茫的我们，该怎么衡量？该怎么评判？在那么艰难的时刻，该如何相信未来会变好？

Mike 说：在你年轻的时候，任何伤心事都感觉像是世界末日。其实不是末日，一切才刚刚开始。

心理学家亚当·菲利普斯说："挫折"未必是坏事，它开辟了一个开放的思考空间。

如果你能学会等待，将对挫折的沉思本身当成一种乐趣，也许能从中发现你真正想要的东西。只有在对挫折的接受与省察中，才有可能获得真正的满足，而不是暂时的替代性满足。

东野圭吾在《解忧杂货店》里写道：我的回答之所以发挥

了作用，原因不是别的，是他们自己很努力。如果自己不想积极认真地生活，不管得到什么样的回答都没用。

换一个角度想，Mike 危机四伏的生活重新有转机时，是因为他一直想要努力地改变，想帮助儿女，想重新获得妻子的爱与信任，想重新抓住自己对篮球的热爱。

克郎的音乐之所以得以流传，是因为他一直努力，一直坚持，一直相信，哪怕有人说他没有天分，哪怕各种选秀他也无法展露光芒，他依旧积极地向人群带去自己创作的音乐。

期望什么，终会得到什么。

这句话在揭示过去，也在昭示未来。

既然不存在"未曾度过的人生"，既然做了选择，那就埋头苦干，莫问前程，不要后悔，不留遗憾。

关起回首过去那扇门，大步往前走吧！

"穷"，也要去"好好生活"

1

等我有钱，我就去旅行。

等我有钱，我就去留学。

等我有钱，我就去追她。

等我有钱，就休假去享受生活。

……

人们善于等待，把旅行、深造、爱情、生活，都放在"有钱"以后。

人们认为"没钱"是问题的根源，"穷"是一切的阻碍。

为什么总把勇气的问题看作金钱的问题？

《奇葩说》曾辩论过："穷游值不值得骄傲？"

"穷游"，顾名思义，没有钱但去旅游。

穷游的群体大多是十几二十几岁的年轻人，他们还在求学或刚进入职场，他们财富很少，他们精力充沛，野心很多，想走很多路，看到更宽广的世界，于是鼓起勇气，背着行囊上路。他们没"钱"，但凭借自己的努力，看到更多风景。这不值得炫耀，却是成长路上最好的礼物。

那是那一群年轻群体对自己的褒奖。

蔡康永说：一个 16 岁的人进罗浮宫，去看到蒙娜丽莎的微笑，跟 66 岁时，再走进去看，内心的感受是不一样的。

你错过那个时间点，这件事情就不那么感人了，亚马孙河的星空我也看到了，可我错过了最想看到的那个年纪，那个年纪回不来了。

"穷游"当然值得骄傲，你很勇敢，你迈出第一步，你没错过那个年纪该有的生活。

虽然当下"穷"，但总会慢慢"游"出去。

不管你占有多少财富，在大好的当下，请别放弃"好好生活"的权利。

2

我在广州一家小公司工作。

在这大城市里，大部分同事连工薪阶层都算不上。

说句实话就是：有点穷。但是这并不能影响我们活得很开心。

珊瑚常说：我们活得多努力，多认真呀！

嗯，珊瑚，1995 年生人，公司年龄最小的一个。她有两个爱好：吃和动漫。

她会提前在淘宝订好原材料，在周末做各种食物：冰皮月饼、蛋挞、奶茶……

她喜欢动漫，就在下班后参加相关活动，提前订好动漫音乐会门票……

这些小事不一定都有美好结果，但每一件都振奋人心，让她在沮丧和痛苦面前，能多走一步。

安小姐和丈夫都是很忙的上班族，给女儿报了三个兴趣班，花去了工资的大部分，但每月都有一次外出聚餐，户外活动未曾少过。

婆婆不理解，何必那么严格，没时间没钱待在家里就好。

孩子的笑脸让安小姐觉得，她无法用任何借口不陪孩子度过快乐的童年。

乐小姐很喜欢舞蹈，花一个月的工资报名舞蹈班，吃了两个月"土"，还了两个月债。这家伙的身材和气色在半个月后好了很多，上班精神奕奕，效率奇高，有空就笑嘻嘻说段子。这份自信和愉悦感染着我们。

工作忙吗？当然。每天工作8小时，一周仅一天休假。此外，每个月有三四个活动需要加班。

但上班、加班、没钱，都不能成为我们搁置兴趣、爱好的借口。

生活就是花费时间的方式。珍重地对待时间，才是最昂贵的消费。

3

马云成为首富后，做过演讲《拥抱改变》。

他说："很多年轻人都这样，前一晚睡觉前，脑海里很多想法和创新，感觉马上就能改变生活甚至改变世界。但是第二天醒来，他会忘得一干二净，就算记得也不去想起，依旧朝九晚六上下班，没有任何改变。"

嗯，大部分人没改变的原因是"没钱""没底气"，他们需要维持生计的薪水，所以选择做一份不得不做的工作，把梦想、想法、好生活、兴趣暂时搁置。

但 是 马 云 又 说：Don't worry about the money.Money follow the people and people follow dreams.

（不用担心钱，钱跟随人们，人们追寻梦想。）

现在有很多"斜杠青年"，他们有多重身份：人事专员兼职瑜伽教练，财务部职员兼职英语老师，银行职员兼职酒吧驻唱……

他们是我见过最认真生活的一群人——从不搁置梦想，不曾敷衍生活。

一份工资不够，就做两份；本职工作不是梦想，就在下班后做点喜欢的事情；他们不曾把想法和创意放在未来，他们立即行动。

执行力就是竞争力，就是梦想的动力。

他们这么折腾，这么努力，这么认真地对待生活，又怎么会一直"穷"呢？

他们在追寻梦想，财富在追寻他们。

4

上司跟我说："懒人"才会"没钱"，勤快的人，总能在各种打拼摸索中找到出口。

如果你一直把"没钱"当作借口，不去努力，不去改变，就会陷入恶性循环。

现在"没钱"只是一种暂时状态，它不能是你原地踏步，敷衍生活的挡箭牌。

我最终没去澳大利亚，买了一个电饭锅和一台 Kindle——自己做饭，坚持阅读，尝试摆脱下班躺着叫外卖，周末看剧吃零食的庸碌。

在自己经济能力范围内制订出国旅行的计划并执行，走出舒适圈，见识别国文化风俗，吃当地菜，闲暇时看书，和异国陌生人交流，认识几个有趣的人。

直到所见所闻变成文章，变成路途艰难时得以前行的力量，才发现，"没钱"是最廉价的借口。

我曾想过寻找生活的捷径，怎样生活才能不走歪路，比较准确？

哪有答案！根本不存在"正确"的人生，过程就是奖励。

你追逐自己想要的，你认真对待生活，你珍重地花费时间，你活出更好的自己，就是对人生最好的奖励。

所以，别敷衍，每一天都是塑造"自己"的过程。

你也一样，别怕为时已晚，别怕人生苦短，过一天就得有一天的乐趣，别把"没钱"，当作敷衍生活的挡箭牌。

现在，就是最好的时光。

不必太焦虑，没有不会好转的事物

1

古典在《拆掉思维里的墙》里面提到一个案例：

在 2006 年时，凑够 40 万首付的古典打算买房，一个朋友跟古典说：你准备好了吗？如果你买了房子，这一辈子基本上就定下来了。你的房子会驱使你找人结婚、生子……因为那就是在房子里面该干的事情。

当然，那其实很好。

过早购房的人（此处不包括土豪）：他们花掉了自己未来 10 年转换工作方向与创业的机会，花掉了年薪高 3 倍的机会，他们到底买回来什么？

他们购买的，其实是自己内心深处的"安全感"。他们不相信自己的能力，于是觉得有一套房子，会让自己内心安全一点。

但是安全感真的可以来自一套房子吗？这正是我们要拆掉的"思维之墙"。

为了消费安全感，我们付出了这么大代价，典当自己的梦想，典当自己发展最快的时光。

我们真的应该好好看看，这堵墙背后是什么！

美国人平均 31 岁才第一次购房，德国人 42 岁，比利时人 37 岁，中国香港人是 32 岁，欧洲拥有独立住房的人口占 50%，剩下的人都是租房。我们凭什么要一毕业就结婚？一结婚就买房？

而且还要为之出卖我们的发展与梦想？

国内房产业大佬王石说："对于那些事业还没有最后定型，还有抱负、有理想的年轻人来说，40 岁之前租房为好。"

以上内容和观点，我重复看了几遍，这几天都在思考。

不得不说，这让我动摇了"尽早买房"这堵"思维的墙"。类推，以买房获得生存安全感，以伴侣获得爱情安全感，以追求牢靠关系获得关系安全感可能都是我的认知误区。

没有谁少了谁活不下去。

人贵有自知之明。

人贵有不断前进的动力。

2

最近有些忙，但思维很清晰。

早上起来听雨声，听树上的鸟叫声。午睡醒来上班，躲在雨伞下看阳光，穿越人群，感受人流的气息。

嗯，我能感觉到时间的变幻与流动。

生活该是什么样子？

《普罗旺斯的夏天》里有一句台词："May you stay

forever young!"

哥哥阿德里安、姐姐蕾雅和小西奥被外婆带到普罗旺斯的乡下过暑假，他们遭遇了怪老头——外公保罗。

因为母亲和外公保罗有矛盾，哥哥姐姐一直对外公和乡下的生活方式很不满，也出现过不少矛盾。

但在这个夏天的最后，保罗和孩子们的感情已经越来越深。当阿德里安邀请保罗去巴黎时，他说："在巴黎的人都说'这个城市太棒了，我都看不到时间是怎么过去的'，但我看得到时间变幻，我看得到时间是如何流逝的，早上，晨光微蓝；大中午，夜晚的阿尔卑斯山，天空如丝绸一般。在巴黎，早上吃饭，晚上睡觉，什么都看不到，我管这叫被愚弄的生活。"

孩子是敏感的，6岁的小西奥是聋哑人。但他在无声的世界中，观察到普罗旺斯的夏天里面，阳光和西北风的美。

这一点，大概也是他和外公保罗感情好的原因。

嗯，能感受到时光的变化，我很满足。

3

《普罗旺斯的夏天》是一部很好的治愈系影片。

一群老头老太太在田野旁弹唱，他们诉说着往事，追忆过去的苦难，外婆轻轻说了一句："我没见过不会好转的事物。"

是的，一切都会好转。

小时烧火，一直没有火苗，急得我快哭了，一旁的外婆对我说："火要空心，人要良心。"

从灶里抽出两根柴，随便扒拉一下，里面的柴火就噼里啪啦烧了起来。

外婆真是神奇而有魔力，她教的这句话一直记在我心里。哪怕是遭遇了不好的人，不好的事，不好的对待，我都会想一想这句话。

一些人常抱怨说，是不是我做事的方法不对？是不是我想法太坏，不够善良？

如果你能从自己身上找到部分原因，那么就找到可靠的方法了。

外婆的这句话也教育了几个孩子，母亲性格里天生的乐观，有一部分源自外婆。所以母亲把家里打理得井井有条，即使最窘迫的时候也不曾抱怨，而相信事在人为。

面临选择时，我问母亲："选哪一个？"

母亲说："你开心就好的那一个。"

只要你喜欢，你愿意，你努力，哪有不会变好的东西？我们的日子不就是一年年变好吗？哪怕有一些难题尚未解决，比起去年，确实有变好。

相信一切有好转，我的小舅才敢在80年代辞去公职，下海，经历开餐馆，倒闭，收破烂，开小卖部，开旅店和饭馆这样有起有伏的人生吧。

时间这条长河呀，它最公平。

开心也好，不开心也罢，成也好，输也罢，平淡无奇，丰功伟绩，都会淹没……都会淹没……

你能做的，就是快去做想做的事。

一切都会好转。

世间太好，别虚度了光阴。

Chapter 2

做不妥协的自己，过不平凡的一生

不愿妥协，是因为不想错过想要的人生

"别在外面瞎折腾了，你就没那个命，回来找个安分的工作吧。"这是在过年的餐桌上，一个亲戚跟我说的话。他还很惋惜地跟我说："你说一个女孩子读那么多书有什么用？工资都没有你初中毕业的表弟高。"

我没有搭理，继续吃我的饭。年后我还是回到了广州。

1

再也不会像 20 岁时那么勇敢了，再也不能想爱就爱，说走就走了。

在超市购买打折商品的我，不禁发出上面的感慨。那时我23 岁，毕业一年。

当我纠结要不要买特价面包时，身旁经过两个穿着卫衣，束着高高马尾的女生，说着毕业前要去杭州旅游的规划，兴致勃勃、活力四射。

没来由地一阵心酸，我也曾是这样的啊！

大四那年，同宿舍的几个女生总是兴奋地规划着毕业后要去哪里住，做什么类型的工作，进哪个公司，然后马不停蹄地奔走于各个宣讲会和招聘会。

每晚的卧谈会都洋溢着高昂而泛滥的理想热情。

小 A 说："我要去 4A 公司，成为最厉害的广告狗。"

小 Y 说："我要成为公司最美的女人，然后找个优质老公嫁了，做个幸福的小女人。"

小 C 说："我要回家开个工作室，把网店上的手工生意做到线下，顺便招几个员工，扩大生产。"

我说："我想做一个有态度的媒体人，到最专业的平台做事。有空去旅旅游，去见识更多的世界。"

高谈理想中，我们毕业。除了回家开工作室的小 C，我们三个在一起合租。

然后，出现了开头那一幕。

毕业后，我们都没有去最想去的平台。

社会是那么迫不及待告诉我们，什么叫事与愿违。

我在一家新开的网络媒体做编辑。每天除了传不完的文章，就是跑一些机构活动。同事里没有几个是相关专业毕业的，大部分是公司为了省钱找的廉价应届毕业生。做起事来都是摸索状态，能完成就能偷笑。

几个月后，两个舍友出于家庭和个人原因，纷纷回家。

我常常在加完班后，一个人回到空荡荡的宿舍，感觉偌大的城市，就剩我一个。除了要应付这些负面情绪，我还要马不停蹄地招租，找人跟我分摊房租。

3000 多元的工资除了小部分寄回家，交了房租水电，充了话费交通卡后，只能捏着薄薄的几张票子，过着紧巴巴的生活。

看到做公务员的同学、回家做老师的同学晒着轻松而愉快的日常，不免旁生几分羡慕。

一天晚上发烧，爸爸打电话来叫我回家做老师，说堂哥在小学做校长，我回去当老师绝不成问题，我假装一切安好的样子，拒绝了。

挂掉电话，一个人对着黑乎乎的天花板，眼泪就啪啪啪往下掉。

我究竟在干什么呀！有一份轻松的工作不要，每天传着抄来的文章，写着吸引眼球的新闻，假装实现了自己的新闻理想，讨厌这样的自己。

第二天我依旧按时起床，照常上班（不好意思，故事没有逆袭）。

我才发现，大学时期的自己是最勇敢的，想爱就爱（暗恋与表白被拒），也是最有钱的，可以拿着奖学金和兼职赚来的钱，去想去的地方。

毕业后，我的双脚和野心都被干瘪的荷包绑架。以为可以在业余时间多看看书，增长知识，但还得为温饱奔忙。为了省钱，不得不多走1公里去超市买降价食品，更别提旅游了。

大学时还出过省去看景点，毕业后方圆5里就是活动范围。

曾经高谈阔论的理想，仿佛只是不知天高地厚的傻子吹过的牛。

2

初中毕业的表弟做贵金属期货，每月收入近两万。而我的工资连他的六分之一都不到。这与亲戚们想的大学毕业生年薪十几万、工作体面、飞黄腾达的观念相去甚远。

所以我这个所谓大学毕业生的窘迫状况就成了亲戚们的谈资，更是他们"读书无用论"的论据。

即使这样，我也不想回去。我害怕一旦回去，我一心坚持的所谓理想会越来越远。我怕那么固执追逐的东西，一旦向后退一步我就真的永远得不到了。

年后回广州，我找了份新工作，下午上班，作息时间很规律，可以把下班的时间做好规划，跑步和看书。

早上不论是不是休息日我都7点18分起来（有时早上6点半起来去跑步）。不敢睡得太晚，我怕时间会浪费在睡觉上，而不是值得做的事情上。

然后记单词、洗漱、带上书本和笔记本出门，找个安静的地方看书做笔记，然后去上班。

很累的时候，会在公交车上睡着，然后坐过站；偶尔也会从梦中惊醒，怕自己半工半读考研的选择是错的；也会想起那个亲戚说的话："你就没那个命。"心里开始担忧和后怕。

学心理学的朋友梅子问我：

"你怕表白过后会变成路人吗？"

"怕。"

"你怕努力过后会失败吗？"

"怕。"

"你怕做一件事没有结果吗？"

"怕。"

"你怕到最后还是一无所有吗？"

"我怕。"

"那你还是去做了，不是吗？"

"好像……是。"

"那你就去做啊，你连自己那么多负面情绪都抵抗得了，还怕那些流言蜚语？有空为这些鸡毛蒜皮的事瞎操心，还不如多看几页书。"

梅子最后送了我一句话："不要去做孤独的人，跟着感觉走，关注自己的意识，努力做充实而真实的自己。"

她鼓励我，那个励志要成为凤凰女的我，绝不能凤到一半就黄掉。我们那么努力不愿妥协，是因为不想错过想要的人生。

我笃信着她的话，埋头苦干，不去计较结果。

3

曾经因为很想赚钱做过淘宝，花钱进的货，却一件也没卖出去。

我是一个性子很急的人，每做一件事，总希望能尽快看到结果。

那时工作不顺，写的东西也总是不过稿，感觉做什么都没有结果。我怀疑、失落，觉得所有的事与愿违就是我的命。

杨绛先生在《走到人生边上》里也谈到命运这事，当时 90多岁的老先生表示她相信命运。她当年想考取清华大学时，那天家里正好有事，家里也刚好请了个算命先生给家人算命。那天正好是清华大学招考的日子。杨绛先生最终没有成为清华大学的本科生，她觉得这就是命。

但是，这个命是在经历了 90 多年的人生风雨回想起来才黯然惋惜的，绝不是抱着无此命数的态度，窝在一个角落里让时间得过且过。

故事的后来是：杨绛先生成了清华大学的研究生。

知乎上有一个有名的问答：你是怎样走出人生低谷的？回答：多走几步。

几步以后，不一定实现初衷，但也可能超过初衷。

年后，踏上开往广州的列车的那一刻，我就决定不认命，要为自己喜欢的事多走几步。

努力过后，失败了，你告诉我，那是命，我认。可我还没尝试你就告诉我，你命里没有这个数，让我不去做，不好意思，那不是认命，那是认输，是对未知生活的投降。

我不服，我也不信，我的青春除了大学那几年，毕业后就会蔫掉。于是试着选择和时间较劲，为他人眼里不切实际的目标去努力，把青春延长一点，给自己多一点可能性的奋斗。

像梅子说的，纵使有再多的恐惧，再多的患得患失，还是要去做。

我很喜欢大鹏那首《恐高的鸟》，听着它总不自觉幻想那只恐高的鸟长出翅膀，翱翔天际的画面。

自由，是以为自己真的有方向
摇晃，哪一种选择不是在流浪
不管，却不能不管注视的目光
抵抗不了欣赏，才是最大的伤
还有多少的坚强

还有多少的梦想

那些值得骄傲的

其实一样

有研究说：从零开始到成为一个领域的专家只需要 7 年，假如一个人能活到 88 岁，从 11 岁开始，就有 11 次尝试不同人生的机会。

你才二十多岁，不能放弃每一个有可能的人生。我不想过几年，除了增长的年龄，生活还是像一摊烂泥；我不知道命运之神会不会眷顾我，但我相信最穷不过乞讨，不死总会出头。即使没有逆袭，也不想对命运说抱歉。

职场新人，你要努力挣得一份安身立命

1

因公司业务扩大，进了几个新同事。

一个多月后的某天，我在上班的路上遇到新同事爱丽丝。她跟我抱怨："这段时间的工作太基础太无聊了，什么时候才能转正？"

公司对应届毕业生的试用期是 3 个月，如果试用期表现良好，可提前转正。

我就说："很快啦，再过一个多月就会转正的。"

"我感觉自己就是一个打杂的，工资又低，老给老员工打杂。很想像你们一样，早点儿做专业的事。可就这点工资，什么时候才能在这座城市里安身立命呀？"

爱丽丝跟我抱怨了很多。我从她身上看到了很多职场新人的状态。

亲爱的爱丽丝呀，基础工作都做不好，如何接受专业性高或更有难度的工作呢？

公司给新人的培训很明确，选定的老员工带一位新同事，让他们在帮忙处理各种事务中，顺便熟悉业务和流程，每天有一次工作总结，每星期有一次培训考核。

而爱丽丝的表现很一般，几次培训考核排名都靠后。带爱丽丝的老员工 M 也很无奈，M 话说重了，爱丽丝就会哭鼻子。

爱丽丝平时一到公司就问 M："我今天要干什么？"但 M 交代下去的复印资料、整理文档，跟其他部门对接的工作，过了很久，爱丽丝都没有给结果。

M 去问原因，爱丽丝就辩解："打印机坏了没印好；我电脑不是很熟悉，文档等一下；等我把这些弄完，我再去找其他部门对接。"

M 真要气死，工作本来就多，现在还要腾出一部分时间带爱丽丝，还要花精力来收拾烂摊子。

"遇到问题不会先想办法解决吗？问其他同事也好，做不了好歹也及时跟我说呀！搞得最后所有东西都要我临时赶出来。"

后来 M 给爱丽丝的任务有了时间限制，而动作稍慢的爱丽丝往往会延后提交。

M 说："这个小姑娘挺好，就是不够主动，不够快。批评时你还不能说重了，轻一点说，她又没长进。唉！"

M 感慨："啥都做不成，要来何用？"

2

跟爱丽丝一同进公司的还有另一女孩——珊瑚。

珊瑚脸圆圆的，总是主动跟人打招呼，不论工作多忙，接到多少临时任务，她都能面带笑容。

一次吃午饭，一部门主管吉利跟我说："公司的几个新人，就记住了珊瑚。

"她会很早来公司，会主动跟我们打招呼。她总是主动问人，熟悉公司业务，提前进入工作状态。看到我们部门忙，会主动帮忙，跟我们借用物资，都会整理好，原样归还。

"这才是一个新人该有的姿态，所以珊瑚从我们这里拿物资，我从来不拒绝。

"其他那几个，见面都不吱声的，我们就不考虑了。快点把她们培养起来，要不然，到时忙起来，你们都没有人用。"

吉利待人的态度虽然我不赞同，但她和 M 的观点我都很赞同。

这些年，我学到的职场规则是：人尽其力，物尽其用。在其位，谋其职。

作为新人，不懂可以教，可以培训，但培训之后，还是什么都做不成，什么都做不好，要来何用？

爱丽丝也不是没有努力过，她想融入公司里，午饭时会努力找话题，可都是关于韩剧，关于小鲜肉，以及聚焦于自己单身的事情。这就尴尬了，其余同事不是不感兴趣，就是插不进话。

她发的朋友圈不是韩剧男女主的高甜合照，就是宝宝不开心的嘟嘴自拍。

M 说："这小姑娘心态挺好，跟我说过想挣钱，会努力提升能力。如果她能用看韩剧的一半热情来工作，她的口号基本能落实。"

后来爱丽丝跟上司提加薪，原因是她觉得自己很努力工作，而且这座城市生存成本太高，不加薪转正，难以维持生活。

公司提薪一般转正后才能进行，所以拒绝了她的要求。提薪未果，爱丽丝离开了公司。

离职当天，她的朋友圈更新状态是：人生的路很难走，想要的东西很远，但我还是会勇敢走下去，我相信一定会遇到你，我们一起走过。

配图是《继承者们》……

爱丽丝不知道的是，在她提出离职前，部门召开过会议。上司 Angel 对部门领导说，几个新人哪个不能胜任，就辞退。公司支付工资是让她们来工作的，如果不能分担，还要你们亲力亲为，索性多给你们一份工资。

3

我知道，像爱丽丝这样的女孩不止一个。

我也曾如爱丽丝一般，以为一大学毕业就会有好工作等着我。以为我会是职场的主角，会打败很多竞争对手，会迅速积累财富，会有车有房，会有多金又帅的男友，会走上人生巅峰……

事实证明，这都发生在别人身上了。

毕业后用一两年时间迅速甩开同伴，迅速获得财富和地位的概率太少，少到这能成为焦点新闻。

进入职场两年，上司和同事们教会我：生活可比电视剧难多了，你想得到更多，自然要付出更多。

在你没有作品之前，你就没有资本跟别人谈升职加薪，甚至没有底气请假。

自以为的努力，没有结果就毫无意义。

就像一出戏的演员，在没有登上舞台以前，凭什么指望观众给你鼓掌呢？

所以，亲爱的爱丽丝们，这是职场，不是偶像剧。要获得高薪就凭本事，不要指望王子拯救。

曾因一个项目没有按时提交数据，然后我的所有业绩清零。我去跟主管解释，主管说："我不关心过程，只要结果。规则已事先说明，结果不如意，是你处理的能力和方法有问题。如果人人都不遵守规则，事后跑来跟我解释，那么，需要多少个主管才能摆平这些？"

一时语塞。

那时的我，想要的太多，付出的太少。

那一次对话，铭记至今，不敢懈怠。

媒体里充斥着毕业一年就年薪 50 万，一创业就拿到千万投资的神话。既然是新闻，既然是神话，你我就该清楚，这样暴富的概率太小太小。

我以一个普通公司、普通职场奋斗道路上的普通女青年的身份，很负责任地总结：这世界上从来没有轻易地成功，不要担心自己的付出比别人多，不要计较比别人努力，比别人辛苦。

你所有的付出都会有合理回报，你所有的"安身立命"都需要自己去挣。

且听我说下一个故事。

4

20 岁的前台莉莉，工作很杂。每天需要做的就是考勤、录入数据、接待、倒水……偶尔还会帮大家订外卖。挺轻松，然而她每周都会请假半天。以她不上心和混日子的态度看来，我曾一度担心这姑娘不久就会被炒掉。

谁知大半年过去，莉莉依旧留在公司，和同事们相处得挺好，也没有谁因为她的请假而抱怨和不满。

姑娘每天都嘻嘻哈哈的，不仅办了健身卡，请了私教，还从城中村搬进小区。

前台的工资不多，一年也才涨一次，同事们一度把她的舒适生活归因于优渥家境（莉莉的父亲是生意人，母亲是企业高管）。

莉莉澄清："我毕业后就没问家里要过一分钱，所有的花费都是自己挣的。"

原来莉莉还有另一职业：游戏陪练。因为迷恋打游戏，而且打得很好，所以莉莉索性把这个兴趣变成赚钱的技能。

平时下班后，莉莉就回到出租屋打开电脑，陪人打游戏，鲜少逛街。

游戏陪练的工资比前台高，姑娘的生活很容易过好。担心宅在家容易脱离人群，也想在现实生活中有稳定的工作，姑娘才一直在公司做下去。

请假半天是因两个职业都没多少休息时间，当然前提是她交接好工作。

看起来不温不火的状态，于莉莉而言却是水深火热的生活。

也才明白，在熟睡时分，真的有一群人在改变世界，至少是他们自己的世界。

莉莉和爱丽丝、珊瑚同龄，同龄女孩却有如此截然不同的工作态度和生活方式。

在这里，没有谁的生活方式比谁的好，因为每个人选择的标准不一样。

但是，想要获得高薪，想要在这个城市里安身立命，你就需要去努力"挣"。

你无法一边只看偶像剧，一边成为职场达人；你无法一边吝惜工作时间，一边去取得好业绩；你无法一边做着轻松的工作，一边获得高薪和优质生活。

所有你想要的东西，都需要"挣"。像珊瑚一样，努力去"挣"得一份工作；如我一般，去努力"挣"得薪水和成就感；如莉莉一般，通过兴趣技能去"挣"得金钱和底气。

5

什么是"挣"？

罗振宇说过：比起存钱，更重要的是提升挣钱的能力。

挣，它是一种需要自我提升的能力。

严歌苓曾在《"挣"来的爱情》里提到过这么一个观点：一个人在感情生活中只消耗而不储蓄是危险的。有价值有质量的爱情永远要去主动地"挣"得。

"挣"的过程，是成长、成熟、纯化的过程，是辛勤和真诚地付出的过程。

把这个观点迁移到职场上，挣，就是在工作中辛勤和真诚付出的过程。

这是个自由、多元化的时代，工作从来就是双向选择。

如今就职和离职的成本很低，但要找到一份好工作也不容易。然而没有人不会欣赏一个认真的人，没有企业不会留住一个辛勤和真诚付出的员工。

在一家印度公司工作，收入丰厚的朋友春子利用工作闲余时间和专业知识，做起了小小的外贸业务。在家办公，闲余时间多，又挣了一点钱。春子就准备考研，买了一堆影视鉴赏的书籍，为这个兴趣做准备。

春子的职场状态游刃有余，让人羡慕。

28岁的春子却表示委屈："那是你没看到几年前忙死忙活的我，在这家公司两年，帮忙开展国内业务，从无到有，从有到精。"

春子跟我分享了一段话：

3000元的工作，到处都是。

4000元的工作，就要努力一些。

6000元的工作，就要有自己的能力。越往上，要求越高。

专业能力过硬，才能轻易月薪过万。

能处理各种"烂摊子"，有解决各种事务的能力，就可以做管理，谈年薪。

为公司创下利润的过程很艰难，也很漫长。很多职场新人易被"暴富"和"投机取巧"的观念蒙蔽，变得急功近利，以为"挣"钱很容易。这大概是很多诈骗案发生和毕业生进入传销组织的原因吧。

不辛苦无法抵达，不付出难以收获。投入在哪里，哪里才会有回报。

6

《东京女子图鉴》里的乡下女孩绫通过 20 年的奋斗，40 岁时终于在东京买了房子。

那时的绫经过几段恋情，几次工作变动，数次得失。

40 岁的她对着镜头说：一起加油吧！一步接着一步。因为想得到的东西还有很多。

一步步靠近自己想要的东西，这是"挣"的过程和成就。

需要去"挣"的人，不分年龄性别。

职场新人呀！没有哪一种生活、哪一种年龄不会遭遇辛苦，我们的奋斗和努力，不是为了挣脱，而是为了"挣"得更多选择的资格——更多的时间，更多的金钱，更多的自由度，更多的快乐。

你可以选择不同的生活方式，辛苦的，快乐的，痛苦的，轻松的，抑郁的，难受的，苦尽甘来的，一夜暴富的……都可以。但是茨威格说：所有命运赠送的礼物，都早已在暗中标好了价格。

你想要的东西和别人不一样，然而每个人的时间是有限的。

要明白：时间有限，生命由时间组成，你怎么花时间，就是怎么过生活，过了就没了。

怕的是一生碌碌无为，还安慰自己平凡难能可贵。

努力，赋予我们改变的可能，每一次去拼命"挣"的过程，让我们变得更加优秀。

去挣得一份好工作，去挣一份好薪水，去挣得一份成就感，去挣得一份底气和自信，去挣得你继续生活下去的力量。

或许你会问，为什么要去挣呢？

为了你能理直气壮拿到命运标好价格的礼物，为了最落魄时，也不会突破你承受的底线。

为了工作与生活你都游刃有余的那一刻，为了有一天，你能在这座城市安身立命。

你的恐惧才是你改变现状的力量

1

有人说过：人的成长动力有两种。一种是欲望，一种是恐惧。前者领着你往前跑，后者追着你往前跑。

欲望是什么呢？就是你发自心底想要的东西。

而恐惧，是你明确知道自己不想要的、抗拒的东西。

罗振宇说，很少有人能够知道自己想要什么，因为绝大多数人什么都想要。

大部分人是知道自己不想要什么，然后被这股"不想"和"不能够"的恐惧追着往前跑。

此前李安的电影《比利·林恩的中场战事》热映。电影在北美电影票房排行和口碑都一般，遭到不少影评人的奚落。

国内观影者的议论大体有两派：一是说电影故事情节稀松平常，只是用了新技术的噱头；二是说电影使用了3D、4K、120帧这样的清晰度，是对人类视觉的挑战，这个技术配上真实的战争场景，给了观影者全新的体验和思考。

总之，这部电影备受争议。一向平和低调的李安也被推到议论的风口浪尖。

他接受了一个自媒体的采访，说驱动他采用新技术的原因不是他想跑得多快，想到达什么地方，而是一种恐惧，一种害怕熟悉现有 24 帧电影的舒适感，一种遵循现有技术，看不到未来电影长什么样子的恐惧感。

越恐惧，越想尝试；越害怕，越要解决。

对现有安全感拥有强烈危机意识的李安，开始了艰难的技术探索和拍摄过程。这不同于用 3D 技术拍摄《少年派的奇幻漂流》，这样 4K、120 帧的清晰度是前无古人的探索。

没有经验，每一步都是小心翼翼地摸着石头过河。

电影最终出来了，战争、信念、孤独这样情怀性的价值观被淹没在新技术的热议里。

因为技术过新，多数影院的设备不能全面呈现这部电影，票房似乎也受到影响。

刚在电影拍摄和技术探索的道路上爬过来的李安，不得不接受影迷和影评者的评头品足。

李安说，第一次看到 120 帧成片的晚上，他没有办法平息激动的心情，梦寐以求的东西终于看到。没办法睡觉……心情很复杂，很谦卑，又有一种自豪。

未来的电影道路上，或许还有其他的 120 帧影片，而李安是制作这种电影的第一人。

依靠那种纯粹的恐惧，他在电影未来的道路上往前迈了一步。害怕看不到未来电影是什么样子的李安，拍摄了一部"未来的电影"。

这是否说明，知道自己恐惧什么、不要什么，并且做到拒绝这份"不要"，也是一种成功呢？

2

很爱看美剧，一度以为是偏爱这种华丽搞笑的都市生活。想深一层，发现不是。

不论 *Broke Girls*，还是 *Fresh Off The Boat*，抑或 *Ugly Betty*，不论是在餐馆打工的女孩，还是开着中国餐馆的华裔家庭，抑或在职场上挣扎的墨西哥移民女孩，每一种美国都市生活里，都夹杂着不同阶层的恐惧感，都有着各自生活的鸡飞狗跳、一地鸡毛。

但丝毫不影响都市轻松搞笑喜剧的名头。

害怕开蛋糕店的计划一再搁浅，就去贷款，去找门面，去推销；害怕年轻人万圣节去餐馆捣乱，就拿着武器蹲守在餐馆门口；害怕作为移民难以在美国好好生活，那就做好分内工作，与小团体利益纠纷做斗争，在职场上扎稳脚跟。

尽管手段略显卑劣，但每一种方式都落到实处，每一种准备都实实在在。

不论小城、大城，不论 20 岁、30 岁，不论哪个民族，每个个体的生活总免不了糟糕、失望和混乱。

然而，所有混乱的局面，都有出口——对现实生活继续糟糕下去的恐惧，会让你尝试逃离和摆脱。

用力把选择落实好，这样才显得自己的生活没那么糟糕。

总趋于妥协，总觉得现实如此，渐渐"理性"，很容易消沉。还是要抓住那一点恐惧感，催促自己往前走走。

或许，多走一会儿就能通过阴暗潮湿的隧道，看到路口的日出了。

3

王小波在《我的精神家园》里写道："只能说：假如我今天死掉，恐怕就不能像维特根斯坦一样说：我度过了美好的一生；也不能像司汤达一样说：活过，爱过，写过。我很怕落到什么都说不出的结果，所以正在努力工作。"

人们努力工作、努力生活，一路向前，往往是因为"恐惧"，恐惧才是迫使你解决问题、改变现状的力量。

十三四岁时，我还在镇上读初中。老师们教育我们要好好读书，往往是利用我们恐惧的力量，他们说："读书是逃离山区、改变贫困的唯一出路，你们没的选。"

老师们的"恐吓"在我心里生出了逃离的萌芽。

那时父母在外打工，我很想念，却没有离开家乡的能力。有时一个人爬到山顶，望着远处连绵不绝的山，就想，一定要快点长大，快点有能力买车票，去看爸爸妈妈。

看到身旁一些同学开始打扮，开始用手机，开始讨论校门口青春读物的故事，开始不停地追连续剧，我很羡慕。

但如老师所说：不要用青春几年的安逸换得后半辈子的辛劳。

看到打扮靓丽，骑着摩托车从身边疾驰而过的同学，忍不住再看看路两旁农田里耕作的身影，我就很没有安全感，仿若父母每次春节后与我道别般恐惧。天哪！未来绝不能过着"面朝黄土背朝天"的日子！一定要给父母更好的生活，绝不能浪费读书的光阴。

读书是唯一的出路，我没有选择和退路，只能把绝大部分精力投入到学习中。

时至今日，我没有过上很好的生活，但至少，也没过着"面朝黄土背朝天"的生活。那份恐惧感追着我不停地往前跑，跑离那条农田耕作的路。

作家廖一梅在《像我这样笨拙地生活》中写道："我从来不屑于做对的事情，在我年轻时并不知道自己要过什么样的生活，但一直清楚地知道我不要过什么样的生活。"

那些能预知的、经过权衡和算计的世俗生活对我毫无吸引力，我要的不是成功，而是看到生命的奇迹。

如今我愿意相信，促使我们不断往前跑，去努力改变现状的力量是恐惧——我不要现实继续糟糕下去，我无法接受失去什么，我不想过这样的生活。

恐惧的生活没有落到你头上来，或许已经是生命的奇迹。

没有特别幸运，请先特别努力

1

CC今年3月份要飞往黄金海岸，开始她的打工与度假生活。澳大利亚的打工度假签证不好拿，CC为此走了不少弯路。

去年3月开始申请，两次开放申请都没抢到，还因轻信"代抢"中介损失上千元。她也不灰心，夏季去泰国做了一个月的客栈社工，顺带考了雅思和潜水证。

去年10月，抢到预约名额时，CC激动得哭了。一边研究面签攻略，一边准备材料，说自己终于被幸运女神眷顾，达成心愿。

印象中，CC真的很幸运。高挑貌美，G市本地人，朋友圈多是旅游照。

一次旅游，才发现她的幸运有迹可循。

2015年底，CC辞了奢侈品销售的工作，成为自由职业者。父母对她寄予厚望，反对她的选择。她不和父母争辩，该旅游旅游，该兼职兼职，每个月按时往家里打生活费。

因为做过奢侈品销售，她对彩妆服饰这块很了解，旅游时做起代购，赚来回路费。平时她在网络上接单，写旅游攻略或做微信排版，去宴会帮忙或扮人偶。虽然不稳定，但勤快点也能赚到充足的生活费。

她很满足这种自由支配时间，到处旅游的生活，签名改成：行动派斜杠青年。

　　坐飞机时，午餐结束，大家都睡觉了。CC 打开灯，拿出导游证考试资料看了 40 多分钟，直到广播提醒飞机降落才收起来。旅行中，她总会在睡前提醒第二天的行程。次日一大早她就起来吃早餐，梳理线路。旅游结束，去机场办理自提和退税最多的是她。她也不介意，大包小包都往身上背，满脸笑意。

　　我很佩服她在旅程中的游刃有余，不只是填写入境单的迅速，不只是对景点攻略的熟悉，还有她对空闲时间的高效安排。

　　CC 说："我在这块也是从一无所有开始积累，从一无所知开始成长的。"

　　一开始做兼职旅游代购时，确实不习惯。但这也是一种工作，她花很长时间去搜集信息写攻略，查看怎样退税最多……

　　慢慢地，她开始有心得。上手了就适应了，她很享受和客户沟通然后买买买的过程。甚至还可以利用旅途中的一些空闲时间做想做的事。

　　"很辛苦吧？"

　　"哪有辛苦？"她笑着说，"该去的景点、该有的心情都没浪费。"

　　"行动派斜杠青年"，看似自由却要把工作融进生活。CC 说这是她的取舍，她需要拥抱这份改变，然后为这个目标努力。

　　我也才明白，CC 能成为收入颇丰的旅游达人，能够获得澳大利亚的打工签证，不是因为表面那份幸运，而是她不断努力地去改变，然后去适应它。

2

去年春节，有财经学者说很多创业公司都熬不过这个冬天。室友小白是个例外，她网店的生意依旧很好，去年年中还开起了工作室。

小白做的小众装饰与服装面向玩 Cosplay 的人群，出售品都是纯手工制作。

大一加入动漫社，小白时常要购买不同服装与饰品参加活动。网上购买的产品往往不符合自己的期望，可选种类很少。小白不得不"翻墙"去看日本专业 Cosplay 网的服装，然后自己买原材料回来制作。

一开始她用多余的材料给我们做饰品，舍友们觉得做工精良，说不如直接开店出售。

小白说自己性格内向，这只是自己的兴趣，做几个给我们玩玩就好。

直到动漫社的同学纷纷询问她服装来源，小白才接下订单。一开始小白只接简单的单，只做头饰与配饰，工具也只有打孔机、针线和胶水枪。

后来订单太多，每天要梳理，又要想方设法做出美的有创意的东西。小白开始加入各种群、贴吧，查询如何采购原材料和请教制作流程，买回了布料和小型缝纫机。与此同时，小白开通微博和淘宝店。那段时间，小白仿若打了鸡血，每天一下课就往宿舍冲，争分夺秒做手工。为了保证出品质量，小白从不接急单。

后来的发展就很顺理成章了，小白与物流公司建立了不错的关系。虽是学生，但月收入已过 7000 元。她有了手工制作的圈子，越来越擅长与客户交流了。

她变得自信起来，每天穿自己喜欢的 Cosplay 服上课，课上发言也很积极……

大四，大家都忙着找工作，她忙着回去找地方开工作室。毕业半年，她来过 G 市半个月，她说报了一个课程，进一步学习手工制作和员工培训。

见到我们，她忍不住抱怨创业不易，要去工商局登记注册，要了解税务制度，要招人，要培训，还要投资……

虽是抱怨，但她脸上洋溢的是解决问题的兴奋与热情。

我们感慨这几年她的变化之大，那个害羞、内敛的女孩早已不见，22 岁，她成了自带总裁气场的创业女性。

小白说自己无意中走上这条道路，也算一种幸运。

做手工的喜悦和满足，让她清楚自己以后要走的路。因为害怕朝九晚六的工作，害怕家庭给她施加的压力，她必须好好把握这个可以让自己经济独立的机会。

之前她的手机是室友中最落后的，也很不喜欢社交与上网。遇到个机遇，她尝到了手工制作带来的喜悦与认同，她决定开通微博，利用宣传带来粉丝，通过网店带来客户……

知道自己要什么，知道为需要的东西努力，所以她努力克服社交恐惧，抓住这个机遇，不会就学，不懂就问，在能向客户交出成品时，自己也能不断成长。

小白的创业成功，不是幸运。幸运不过是成功者的自谦。

她的成功更多的是喜爱与坚持的力量，是抓住机遇、拥抱改变的力量。

3

埃菲尔铁塔如今是巴黎的地标性建筑，也是法国浪漫美丽的象征。

但在 100 多年前，埃菲尔铁塔刚在塞纳河建成时，莫泊桑、小仲马等文豪联名上书抗议，说那是一个很奇怪的巨大的钢铁怪物，毫无美感，应该拆除。

巴黎人民应该庆幸，埃菲尔铁塔保留了下来。如今人们透过埃菲尔铁塔去了解法国，它成了旅游必去景点之一，它成了巴黎浪漫的象征，它也成了时尚大师灵感的源泉。

所谓幸运，往往包含着改变，而改变就是让你稍稍有点不适。尝试去改变总是困难的，你的身体不适、心理不适。但一旦度过那个困难的改变过程，你坚持下来，你适应了，随之而来的或许就是幸运。

这和养成良好习惯同理，这与职业转型同理，这与创业和创新同理，这与减肥成功同理。

同事 A 身高 157 厘米，体重 88 斤。

四年前，同样的身高，体重 110 斤。这样的身高体重，其实属于正常体重，也只是大家口中的微胖而已。

一天照镜子，她忽然觉得自己这样子很丑，很可怕。

自己的身材不好不坏，生活也不好不坏，不用太努力，也不会太堕落。就是这样一个平庸而低迷的状态让她产生恐惧感，是不是在生活的日复一日打磨中丧失了什么？

她发自内心想去变得美好。

于是 A 开始了痛苦的减肥之路，一开始过度节食，吃减肥药，让她迅速瘦下来，可是伴随而来的是身体机能下降，牙龈出血，暴食症，于是体重快速反弹。她上网搜了很多帖子，结合亲身经历，明白减肥没有捷径，除了运动和健康饮食。

她把目标定在 88 斤。这让她整整三个月都管住嘴迈开腿。这期间她也因为饿和累，哭着想放弃。可就是这样一边喊着放弃，一边挣扎着坚持下来了。

坚持下来，难吗？

难！但设定了目标，做了规划，跪着也要完成。

只要下定决心去运动，也没什么好顾忌的了，下雨天就撑伞跑；想吃油腻的东西，就对着女明星的海报做俯卧撑……

她不断给自己鼓劲：辛苦的日子终究会过去。

三个月后，除了苗条的身材，A 还收获了健康的体质，以及良好的锻炼习惯。

这段减肥经历在别人眼里也许不算什么，但在 A 眼中，却是对自己极大的突破——是对更好生活的追求与抵达。

看到 A 平时敞开肚皮吃却依旧那么苗条，我一度以为瘦子是天生的。

4

我也曾以为好运是天生的，包括别人好的身材、好的工作、好的物质、好的生活。

如果 A 没给我看四年前胖嘟嘟的她，如果没有她亲口讲述那段经历，可能至今我也无法相信发自内心想变好的力量有多强大，也无法引发以上的思考。

又一年过去，很多人的生活也如 A 之前说的：不太好也不太坏。

也正是这种不好不坏的生活让人恐惧。日子就这么过去了，没有付出什么，没有得到什么，也没有失去什么。日复一日。然后，生活中不断冒出"幸运儿"，不断冒出"成功者"，他们都不是你。这让你心生恐惧，让你反省：是不是我也可以尝试改变一下，折腾一下，成为一个"幸运儿"？

一个老师跟我说过，任何一点微小的坚持都是一种美德。所以她坚持跑步十几年，五十多岁依旧精力充沛，上课精神饱满，依旧能在每个寒暑假带领学生去各地做田野调查。

宫本雅俊在《村上春树·旅》一书中写道："事情就是这样，远没有想象中那么复杂，只要你下定决心去做，便没有什么可以顾及和后怕的了。"

这是他对村上春树尝试跑马拉松，到习惯长跑、不断出书的总结。这个道理适用于任何一个下定决心要达到目标，要改变的人。

天生的幸运儿很少，至少旅游代购达人 CC 不是，创业成功的小白不是，减肥成功的 A 同事不是，我的社会学老师不是，甚至作家村上春树也不是。

要成为幸运儿，能做的就是去改变，去坚持，去适应。这是在一点点拓展你的舒适圈，也是一步步在积攒幸运的资本。

杀不死你的，只会让你更强

1

我曾常常向朋友讲述我缺乏父母关爱而且奔波的童年。

在每一次的讲述过程中，我又习惯夸大我的难过，放大我痛苦的情绪。

后来发现，其实人人都爱讲苦难。

主妇见面，互相抱怨老公的不是；朋友聚会，互相哭穷；选秀歌手上了舞台，各自比拼追梦路上的惨。

有人的地方，就有苦难。

也因为这样，所以我意识到苦难不过是一件再正常不过的事，没有谁比谁活得容易。

人们喜欢听别人的苦难，生怕别人比自己过得好，抑或，有苦难方能成故事。

这个故事是获得别人关注、怜悯，甚至是共鸣的一个途径。所以交朋友谈快乐未免肤浅，谈苦难更易博得人心。

大学的一堂写作课上，老师让同学间互相采访对方的童年。采访我的同学得了 A，我采访她，得了个 B －。

老师告诉我们，得 A 的同学是因为采访稿凸显出童年的曲折、奔波，以及有所转变的心路历程；得 B －的同学，采访稿里太平淡，没有体现采访对象童年阶段的转折。

老师说出彩的采访应该问到痛点，写出转折。

我的采访稿里，最吸引人的细节是同学偷5块钱被父母打，这是多数人的童年都有的经历，并不特别。

尽管不赞同老师的观点，但我意识到苦难的一个价值是让"你"特别，让"你"被关注。

亚里士多德说：人是一种社会动物。

支撑人们生活满意度的多源自社会关系，包括你的受关注度、被理解度、被信任度、与他人关系的亲密度。

讲述苦难一定程度上能提升社会关系，这是大多数人喜欢"分享痛苦"的原因。

2

有人讲述苦难，是为了表现特别和存在感，有时候，"过去的苦难"容易在一遍遍的重复回忆中成为迈不过去的坎。

有一期《奇葩说》的辩题是《臭不要脸是坏事吗？》。

曾备受争议的"苏紫紫"——王嫣芸——讲述了自己曾经为了钱做裸模被拍摄的事件。

第一次听当事人亲口讲述事件的始末。

王嫣芸的家庭生活充满苦难，不和谐的父母关系、贫困的家境，上大学的她为了钱去做裸模。她哽咽地讲述自己一年后裸照被放上网，父亲侮辱性的指责，网友的谩骂，使她受到极大伤害。为了对抗舆论，她甚至在一个记者面前负气地脱下衣服。

随之而来的是更大范围的舆论攻击。

王嫣芸一边哭泣地讲述，一边后悔地埋怨着。

蔡康永后来说，其实王嫣芸能上《奇葩说》的舞台，除了说话技巧，很大部分还因为她有故事。她在不停抱怨过去的悲惨时，不该忘了自己其实是这些所谓悲惨的既得利益者。

没有过去的"苏紫紫"，就不会有今天的"王嫣芸"。没有人能完全抛却"过去的苦难"前行。

但是对待"过去的苦难"的态度，不该是一遍遍紧抓着苦难不放，还无休止地抱怨，这无疑是在放大自己的痛苦。

作家达达令说：苦难本身没有意义，你对于苦难的反馈才有意义。

经历过苦难不重要，重要的是事情过后，你对待它的态度——你永远都有选择的余地。

3

大学时申请助学金，需要填写一张家庭情况表，包括家庭关系、父母职位、年收入情况。

已读大学的表哥告诉我，来自农村家庭的孩子很容易成功申请，让我去办理。

2011 年，家庭年收入要低于 3000 元才能申请贫困助学金。

我一看，觉得自己不符合。一个家庭，即使在农村，只要不是低保户，再怎么困难也不可能年收入低于 3000 元。

我没申请，觉得家里生活水平还过得去。

班里有不少同学申请，一女同学知道我的家庭情况后笑话我，怎么那么要面子！

她家在一个南方小镇，父母是公务员，有车有房，生活小康。她觉得助学金不拿白不拿，就把家庭境况形容得很悲惨，然后申请成功。

那一刻我知道，悲惨往往夹带人为的夸大成分。

后来我不愿和她来往，总觉得助学金的名额应该留给真正需要的同学，不该随意占用。

同时，发现这种助学金制度很残酷，它需要真正贫困的同学把苦难放得很大。

有个女同学，她申请特困生得到通过。

她说填写那个表格时觉得自尊很受挫，要不断回忆家里的困苦，并用文字把细节讲出来。每每有领导慰问的活动，都要去露脸。跟其他家境优渥，一早准备出国留学的同学比起来，她感觉落差太大。

女同学大二开始，不再申请助学金。她年年获得国家级的奖学金，这比特困生助学金高得多。

她平时上完了课会去做家教，周末也会去做兼职，派单员、促销员、展会英语翻译员……不但攒够了学费和生活费，还能往家里打钱。

因为工作出色，她毕业后留在那家兼职的教育机构，待遇颇为优厚。

毕业半年，再遇到那个女同学，饭后之余聊到助学金那件事时，女同学说了一句很硬气的话："我不需要别人的同情，不强求他人理解。能在能力范围内获得金钱的自由，我都会去努力，前提是不影响学业。而且这个也不难，做了就有钱拿。"

4

面对苦难，保护自己最好的方法不是一次次撕开自己的伤口，放大痛苦，而是把受过伤的地方磨成茧。强大了，感觉就不那么痛苦了。

这个过程如同学习弹吉他，开始练习压弦时，指头疼得要命。数月过后，日复一日的疼痛就会结茧，弹吉他就愈发上手，断续的音符终成曲调。

学弹吉他，难吗？难。但想学会，你能做的也只有用较长痛苦的时间来征服它，然后相信，你终会走出这段苦难。

那么，是否走出苦难很容易呢？

不是。

有数据统计：中国确诊的抑郁症患者 3000 万，每年自杀 10 万人。

谁都遭受过不好的事情，遭遇过后，有的人不安，有的人焦虑，有的人缺乏安全感，有的人不停地向外界重复苦难的故事。

以上那组数据说明，每个人平静琐碎的日常生活下，往往危机四伏。

然而，这才是常态。

每个人都是苦难的受害者，你也不是异类。就算你是异类，也会有一个异类群体。你绝不是个例。

那么，因为是常态，我们就放手不管，听之任之吗？

不是的，我们可以看轻苦难，可以善待遭受过苦难的自己，减轻痛苦。

第一，不要滥用过去的苦难，不要放大自己的痛苦。放大痛苦不能解决问题，讲述苦难不等同于减轻心理负担。你想得到什么，需要的是行动、能力和努力。

第二，在遭受苦难时多一些期待。要相信，你受过的苦，不会白受。总有一天，你会成为这份苦难的既得利益者。

第三，迈不过去的坎就绕过它。不必把一点点挫折、小失败上升到生活的迷茫痛苦上来。越是这样，痛苦越会不请自来。

第四，学会追寻快乐。当进入一个痛苦的状态时，试着突破自己一贯的边界，哪怕只是一点点，只要它能带来快感和兴奋。

海明威在书中写道：生活总是让我们遍体鳞伤，但到后来，那些受伤的地方一定会变成我们最强壮的地方。

对于苦难，你可以闭口不言，可以相信沉默是金，也可以抱团取暖。

但无论如何，你总需要用一个方法应对苦难。

因为，学会掌控"苦难"最大的价值，是为了在未来避免它。

世界上最大的谎言就是"你不行"

1

2011 年高考。高一的同桌考上了清华，高二的同桌考上了人民大学，高三的同桌换过很多，有的去了 985 的外语学校，有的去了华南地区专业最好的 211 学校。而我差几分到一本线，文科重点班排名倒数前 10。

此后，我没参加过高中同学的任何一次聚会。

一是自卑，二是厉害的是同桌，不是我。

交情很好的小淑告诉我，她要去北京地质大学了。她说最开心的就是可以离开家乡，离开她的家庭，她厌恶极了父母吵吵嚷嚷、恶语相向却又一直不离婚。

我早知道她一直想离开，越远越好。想不到的是平时跟我一起疯疯癫癫、成绩平平的她会以这么华丽潇洒的姿势奔赴远方。

2013 年 10 月，在南方以南的校园里赶蚊子时，看到小淑的一条动态：北京下雪了，我绕着学校操场跑了三圈。配图是皑皑白雪铺满的操场，靠近镜头的还有一只脚印。

那时真替她高兴，她活成自己期待的状态了。

父亲请亲朋吃饭，为我升学庆祝时，他们都说：哦？差几分到一本线？也挺厉害了。女孩子嘛，不用太优秀。

这种精神抚慰法，让我焦躁不安却又确确实实度过了大学四年。

我想，在不同地方，也可以成为一个优秀的人。于是我参加各种社团活动，努力修习感兴趣的课程，争取拿到更好的绩点。

大三时采访同班一个女同学，她属于学霸类型，年年拿奖学金，还和同学搞了一个读书组织，颇受欢迎，并在一些高校联盟里担任负责人。

她说，她不觉得自己厉害，每每跟高中同学聚会，都会感觉自己和别人差好远。那些人大、厦大、中大的同学，思想和见地都不一样，她是聚会中沉默的一个。

于是她拼命努力追赶，她知道学校底蕴和教学资源注定不平等，但阅读是唯一可以拉近差距的途径，这是最平等的。

因为那次交谈，我开始大量阅读，经常和同学相约去名校听一些非商业性讲座。

只有这样，才能稍稍弥补高考失利的遗憾。

2

大二暑假，我回到家乡电视台实习。

关于凌氏宗祠给高考学子们颁发奖学金的新闻由我们小组报道。

或许你不知道，我们这些山旮旯的人有多重视读书。宗族的人都相信：读书才有出路。所以每年暑假，各个宗族都会由乡绅出钱成立基金颁奖给考取大学的学子们。

一是激励更多的孩子好好读书，二是希望整个宗族的气氛由教育改变。

那个下午，看到那些领着奖学金在镜头前笑得自信又羞涩的孩子，我有点明白什么是"十年寒窗苦读，一朝金榜题名"。

采访时一个孩子说："我觉得很平常啊，大家都读三年高中，都参加高考，都这么过来的。"

带我的老记者告诉我，要让她说一些激励人心的话。

女孩盯着我问："是要说真话吗？"

我说："是的。"

女孩说："读书能挣钱。高中发奖学金，宗祠也发奖学金，到大学我还能一边学习，一边做兼职。我家里兄弟姐妹太多，两个哥哥都考上了三 A 学校，学费很贵，如果我还考上这么贵的学校，家里没钱供我读书的。只有考好成绩，才能有学费上好大学。"

听完，我鼻子酸酸的。

是啊，这是她努力的理由。没有太多背负，只想有钱继续读书。

我想到高中的一个满分女孩。她很瘦削，校服穿得很平整，话不多，短碎发。高一、高二虽和我在一个班，但因为成绩太一般，为人太低调，所以我几乎没注意过她。

高三，她突然就成了数学老师表扬的对象。因为她的数学成绩每次小测、月模拟考试都几乎是 150 分，就算某次测验的题目很难，班里那批尖子都考个 120 来分，她也能拿 149 分。

跌破眼镜。

她打破了数学都是男生拔尖的刻板印象。

数学老师让她跟大家分享经验。她说："就是按照老师说的，多做题就好。"

后来才知道，我们的习题册才做了十几页，她已经做完一整本。她还把高一、高二的数学习题册重新做了一遍，把同类型题目的不同解法抄在笔记本上。

数学老师说，这是量变到质变，做题百遍，其义自见。

她依旧低调，依旧沉默，只是很多同学数学上的问题开始向她请教。

她还是不会在课间去教室后面看《周末画报》和报纸，还是不会在放学后到外面操场和同学打一场羽毛球，她只是静静地坐在教室里，埋头做题，别人请教就耐心解答。

高考成绩出来，满分女孩是年级前 20 名。

满分女孩或许也知道，当初做题多么平常的一个个下午，在某天她交卷的那一刻，就是人生的分水岭。

3

在影院看《垫底辣妹》时，旁边坐了一对姐弟，弟弟 16 岁的样子，还穿着校服裤；姐姐一身休闲西装，看起来应该已经工作了。

影片完了之后，姐姐对弟弟说："如果你有沙耶加一半努力，或许就会和现在不一样。"

弟弟不说话，若有所思地点了点头。

我在想，为什么要努力读书？为什么要努力？

影片里的沙耶加用一年时间从年级垫底，考上日本最好的私立大学——庆应大学。

她一开始也不相信自己可以，补习老师坪田对她说："世界上最大的谎言就是'你不行'。"

她刻苦、努力，想要改变，但会辛苦，会累，会想要放弃，会崩溃。

既然选择了高目标，就注定不会有好走的路。

当坚持走完这条上坡路，她对坪田老师说："仅凭外表就判断我不行的大人，我一直都瞧不起他们。我什么都没有，这点我最清楚，如果没有目标，就不会被任何人期待。"

她那么努力读书是为了达到当初许下的目标：考上庆应大学。

龙应台对儿子安德烈说：

孩子，我要求你读书用功，不是因为我要你跟别人比成绩，而是因为，我希望你将来会拥有选择的权利，选择有意义、有时间的工作，而不是被迫谋生。当你的工作在你心中有意义，你就有成就感。当你的工作给你时间，不剥夺你的生活，你就有尊严。成就感和尊严，给你快乐。

在步入社会后，就知道有成就感和尊严，会让人多么快乐。

所以，没有背景和财富的你，请在读书的年纪好好努力。

过程会很艰辛吗？

会。

但没有捷径。

有时觉得高考是个很变态的东西，但它又是公平而运用广泛的选拔制度。

你以为它选拔标准只有成绩吗？不，千军万马过独木桥，它衡量的还有一个人的勇敢和坚持。

所以会有《风雨哈佛路》，所以会有《垫底辣妹》。

你会跌倒很多次，怀疑很多次，崩溃很多次，但有谁会在意几次？

在你没有登上舞台表演之前，凭什么要观众去体谅你的付出与辛苦？

4

大学时有一个很用功学习的隔壁班男生，他的认真程度令人惊讶。

同样是期末作业，别人的PPT都是将就着交。他偏不，非得制作精良、内容创新，经过小组的N次头脑风暴才定稿不可。

同组的成员问他：何必那么辛苦？

他说："因为我们想要的本来就比别人多，当然要比别人付出得多。"

才明白，世界上比你优秀还比你努力的人多了去。

今年高考的表妹问我："努力真的有意义吗？可是你上完大学也没有过得很好啊。高三太辛苦，都复习不进去，班里其他同学也没有很拼命啊。好想出去玩，考得再好，将来还不是要租房、上班、交房租……"

好吧，我承认，我没有起到一个很好的榜样作用。我高考时也没有拼尽全力过，暂时不要在我身上寻找努力的意义。

很多人不相信努力的意义，或许是因为他们从来没好好努力过，只尝过半途而废的苦头，没尝过坚持到底的甜头。

我尝过。班里很多同学裸考六级不过就放弃了。我第一次也是裸考，没过；第二次复习了一下，差两分；第三次，我做了一整套题，厚着脸皮和师弟师妹们一起考，500多分。

这说明，我不是聪明人，但只要努力，多坚持几次，也会成功的。

谁都想慢慢长大，甚至不要长大。但人生就是这样，成长本身就有不快乐和不轻松的阶段。

我想说，即使脑海里有一只及时行乐的猴子，也要知道，生活不只有当下，还有过去和未来。

过去已然过去，光荣的，落魄的，不值一提。未来需要什么？需要现在的你咬紧牙关奋斗。现在有多惬意，多容易，那么未来看到别人有多成功，你就会有多嫉妒。

你看到那些毫不费力拿到好成绩的人，说不定昨晚还打着手电筒在被窝里做题呢。

是啊，我依旧是那个差几分女孩。但你怎么知道，现在我没有在努力？

知道吗？差那几分，说起来好像没什么，但就是差。

建筑学里差1毫米都可能导致一栋大厦坍塌。我也没法认为差那几分，是一件那么容易被原谅的事。

所以，你最好也不要。

5

教我社会学的老师说，他人生最幸福的一刻就是在哈佛图书馆捧着一本书看。你或许听科比说过凌晨 4 点的洛杉矶，但你知道凌晨 4 点钟的哈佛吗？老师说，在深夜灯火通明的时候，白天热闹洒脱的学子们都在静静地看书或做题。

据传哈佛大学有一条著名的校训：此刻打盹，你将做梦；而此刻学习，你将圆梦。

没有大学不喜欢努力奋斗的孩子。

那个致力于教书育人的老师很受学生喜欢，只要是他的课，我们系的都跑去旁听，教室里挤满了不同系的学生。

他要求他们班的学生买英语原版书来上课，我们也屁颠屁颠地试着去看英语原版书。

曾有其他老师说："算了吧，你那么高要求，他们又做不到。"

那个老师说："没什么不同，他们起点很好，你不试一试，怎么知道他们不能做到？"

在四、六级考试中，他们班的成绩惊人地优异（托他的福，后来我们也考过了）。毕业时，他们班的考研成功率最高。

这就是努力的意义。有所期待，有所成就。

6

Facebook 上有一个励志短片，是根据某家医院对 100 位临终老人的访问研究：让他们回想，人生最大的遗憾是什么？几乎全部人回答的，都不是关于他们做过的事，而是他们没做过的事。

那么你想做什么？你期待的是什么？

不要说我有点想考好大学，我会尽力而为。凡事都只是有点想，你也只会有点达到你想要的目标。

说了太多的尽力而为，缺少一句全力以赴。在那个有资本奋斗的年纪都退缩的话，以后应该没几次能更努力了。

始终觉得，不相信努力意义的人要么是太懦弱，懒得努力，要么是眼界太小，压根没见过因努力而厉害的人。

没试过没见过就以为不存在。

人们总习惯说："我以为。"

却不知道这个习惯会让他们错过什么。

是啊，今天你看了一本书，明天风还是一样地吹，花还是一样地开，太阳还是一样地升起，可是有些事情已经不一样了。

因为做过的事会让你有所期待。

就如那个满分女孩，每个下午做数学题目，慢慢变得不一样了。

日本思想家福泽谕吉说："天不造人上之人，亦不造人下之人。"这就是努力最好的理由。

有时，你必须先试着爬坡，才能在摔倒的过程中慢慢强大。

心理学上有个术语——皮格马利翁效应，也叫期待效应。指人们基于对某种情境的知觉而形成的期望或预言，会使该情境产生这一期望或预言的效应。

你期望什么，就会得到什么，只要充满自信地期待，只要真的相信事情会顺利进行，事情一定会顺利进行。

努力是个形容词，它也可以是个动词。

我的班主任曾经跟我们说：全力以赴，然后听天由命。

要试着在泪水流下之前，让汗水先流下。

你会发现，18 年来，自己说过最激动人心的话就是：我考上了。

才会明白，人生最开心的事情是：期待已久，最终如愿以偿。

不主动尝试，就不知道自己多勇敢

1

敏敏跟我说，打算年底去趟泰国，回去见一些人，做一些事。

前不久她才在国内游完一遍，相片里娇艳的容颜元气满满。和以前一样，她总那么能折腾。

初见敏敏是在同乡会的篮球赛上，她刚从泰国支教满一年回来。

她让我印象深刻，不仅长得好，球打得好，谈吐举止有气度，而且很亲切。我秒变迷妹。敏敏本比我高一届，因为申请休学，去泰国支教一年，回来便和我同级。

对于她，我既崇拜又羡慕，总追问她在泰国发生的一切。她告诉我，支教过程充满惊喜和乐趣，然而开头并不顺利。

敏敏学的是日语专业，学校教务处启动泰国支教计划，只面向英语专业的学生，她不在考虑范围内。但敏敏铁了心要参加，她填了申请表，跑到教务处找到项目的负责老师，递交申请。

老师说，她不符合专业要求。敏敏当场反驳："要求英语专业学生无非是要英文过关，按流程走，我全英书面申请、全英面试，如果能高分通过，就让我去吧。"

敏敏诚挚的软磨硬泡让老师松了口，让她试一试。几轮筛选，她击败几百名英语专业学生，总分第二，踏上前往泰国支教的路。

"你真勇敢，要是我，肯定害怕未知的异国生活。在外待上一年，回来都不知道这里会改变多少。"

"哪里勇敢？只是不想待在同一个地方，想看看外面的世界，想依靠自己的力量，做成点什么。而且在泰国一年，我过得很好呀！"

是啊。这一年，她学会化精致的妆容，学会各种热带水果的别样吃法，学会与孩子交流的更好方式，学会泰语，学会与不同国籍的人员相处⋯⋯

一年后归来，气度和眼界早已不同以往。可她依旧很努力。

为巩固日语专业知识和英语考级，她和英语专业的同学进行资源交换，敏敏教她日语，她帮敏敏提高英语。

大四时，一些外贸公司对敏敏发出 offer letter。她选择留在深圳。

因为精通日、英、泰语，粤语也流利，她在公司混得风生水起，不时出国采购和旅行，活成了她想要的样子。

敏敏把如今满足指数奇高的生活，归功于当初去泰国支教的那个决定。正是那次她主动做了没做过的事——带着被家人和同学不看好的未来，独自出国，一人在异乡生活，让她变成了更好的自己。

她说："迈出第一步，剩下的路就好走了。"

重要的是改变，不是结果。

2

我感慨敏敏的勇敢，也敬佩她的努力。

在大多数人懵懵懂懂的时刻，她已经跟随内心去做没做过的事。

或许，很多人都不知道，几年前，你做的某一个决定、某一件事将会改变你的人生走向。所以，必须主动去做一些事，才有变好的可能！

敏敏自带光芒的正能量极大地影响了我，以至于后来，我的勇敢里有她的影子。升大四的寒假，我一个人去丽江旅行。

那时刚过大年初三，我跟父母说，我要去2000公里外看看雪。舍友在群里劝我别瞎折腾，一个女孩子去那么远，人生地不熟，很危险。

联系好一家客栈，我上路了。

怕父母担心，我说有同学一起去，会在丽江会合。然后给死党打了电话，说我一个人去丽江，多关注我行踪，失联就帮我报警。

父亲送我去车站时，我忍不住流泪了，一是不舍家里的温暖，二是对未知旅途的恐惧。

后来，一切安好。上车后，所有的不舍和恐惧变成期待。

我在丽江待了20多天，从不适应寒冷天气，到享受古城温差大的生活；从不敢和别人打招呼，到主动认识陌生人；从一切警惕到心不设防。

我认识了很好的客栈老板，去茶马古道骑马，去拉市海划船，去酒吧里听歌。记得在哈巴雪山上看见雪的兴奋；记得玉龙雪山上高原反应，血液倒流的感觉；记得看见梅里雪山壮阔雪景的震撼。

　　去明永冰川时，一路都是藏民区，一路的经幡和转经筒，一路和陌生旅人合影，一路呼吸高原的孤独和自由。

　　回来后，我在豆瓣发了一篇游记，那是第一次在公共网络发表自己"成形"的文字，一晚上70多条回复，这让我兴奋不已。第一次感觉自己的文字被认同和喜欢。我开始给期刊投稿，给网络征稿平台投稿。直到今天，文字被你们看见。

　　为什么要做没有做过的事呢？活在自己的舒适圈里多好呀，那么安全，那么温暖。

　　因为做没做过的事，是一种"行走"的能力呀！时刻准备，随时出发。

　　做没做过的事，是一种遇见问题时解决问题的勇气，是一种相信美好的能力——不论此刻有多么糟糕，多么不如意，都相信自己有改变的力量。

　　敏敏不是真的只想到外面看看，我也不是只想去看看雪，更多的是在探索——探索自己的能耐，探索现实是不是真的那么坏。

　　不论回来以后世界是否改变，那段"做没做过的事"的经历始终都是人生彩色的篇章。

3

曾有读者在微博给我留言，说自己性格内敛，人生也平淡，没什么大起大落，很想做一个作者，但从未写过文章，也没发表过，有可能吗？

我鼓励他：现在就开始写吧。没有大起大落，就写平平淡淡的文字；没有苦难，就踏踏实实成功。

总觉得什么事情都应该尝试一下，因为你不知道会遇到什么人，会做出怎样的选择，人生会有怎样的走向。

而往往，人生的改变总在不知不觉中发生。

敏敏不算很成功的人，但能在自己的掌控范围内，一步步变好，也是生而为人莫大的欣慰。

今年3月，一个朋友辞去广州的工作，去云南昆明发展。

很多人惊讶，他的薪水待遇在这个一线城市并不算差，为什么非得跑去人生地不熟的城市从头开始不可？要知道，多少年轻人拼尽全力才能勉强在一个城市立足。

朋友说："为什么非要我和别人一样不可呢？我想要的本来就和别人不同。"

问起他的近况，他说发展得不错，做的是线上工作室，接活、出稿都过得去。上个月做了一个大单，这个月压力减少。虽然有点慢，但近期远期的规划都有了，按着这条道走就成。现在没想其他的，以前纠结的东西（感情、未来）都不想了。不敢想太多，想多了就没力气走路，把眼一闭，走出夜色，迎来晨曦。

他慢慢沉淀下来，变得宽和、理解、包容，不再担心自己的能力边界。

而那个读者后来没再联系我，或许已经开始动笔，或许还在原地不动，或许找到了新的兴趣点。

不管怎样，在你很想做一件事的时候，请立刻抓住那点稍纵即逝的冲动。

它会引领你迈出第一步。

迈出第一步，剩下的就好办了——现实会使事情慢慢发生改变。

要知道，在交叉路口，你没法做出的选择，总有人做出，然后走上那条少有人走却一路美景的路；你没有做过的事，总会有人做，然后过上你想要的生活。

所以，趁还年轻，趁还有一点果敢，多主动去做一些没有做过的事，多去看看你没见过的人，多去相信，人生每个变好的可能，就是现在，就是这个选择。

你永远不知道，你的人生转机发生在哪一次主动尝试里。

如果你觉得害怕，那么就把眼一闭，一直走，走出夜色，迎来晨曦。

你吃过的苦，终会铺成你要走的路

1

姐姐和姐夫在车贷还清时，筹备买房。

3 年还清车贷，现在两个人东拼西凑，终于可以给首付。

房子在县城的学校旁，方便将来两个孩子的入学。

姐姐 30 岁了，略胖，头发掉了一些，跟我说话三句不离孩子。她结婚 6 年，有两个孩子，少量存款，以及很多房贷。

"以前都不敢想象能有车有房，房贷压力是大了些，但至少两个孩子的教育不用担心，总算家里稳定下来。"

心里为姐姐高兴，她外出打工十多年，接下来的人生里越来越按规划走。

14 年前的深圳，工厂很多，制造业很发达。姐姐 16 岁时前往深圳打工，因为年龄不符，办过几次假身份证，换过几次工作。

学历低，她只能在工厂里的流水线帮忙，又因为年龄小，"拉长"总把保洁的事情给她做，所以她常常早早到厂里扫地、拖地、洗厕所。

姐姐听说会电脑操作能当文员，就用第一笔工资交了夜校的定金。

白天工作，晚上去上夜校，坚持了两年。姐姐学会用五笔字型输入法快速打字，学会使用各种办公文档，获得夜校颁发的大专学历证书。

在拿到自己的身份证时，姐姐特意买了一套正装，去一家大型制衣厂面试文员职位。会议布置、接单、跟单，一些文件性的工作，她在一个月内迅速上手，很快转正，获得预期薪水。

外出工作第三年，终于有自己的一笔存款。

后来的人生里，姐姐经历过换工作、失恋、失意，所有存款被盗刷，一切清零的时刻，每一种难过都让她哭泣很久，觉得快撑不下去了。然而每每想到十六七岁，独自上夜校，一个人早起去厂里搞卫生的时刻，姐姐就告诉自己：总会好起来的，苦尽甘来。

从不失望，从不放弃，姐姐一边努力工作，一边自学会计。在 24 岁时遇到情投意合的姐夫，两人结婚生子。

我的求学路受到姐姐的照顾颇多，她常给我寄来生活和学习用品。高考时，她特意请假回来，但怕影响我，就在学校附近租了旅馆，上下学就在门口张望。

我后来上大学，依旧有不开心和难熬的时刻，姐姐总对我说："没事，苦尽甘来，我都好起来了，你一个大学生一定会越来越好的。"

姐姐一路前行至今，而我也因她的鼓励，勇往直前，不曾放弃。

2

3 年前的夏天采访过一个指挥家，叫她 A 小姐吧。

初见 A 时看到的是一个苍白瘦弱的女孩，她看起来与一般 90 后无异。无法想象她已在维也纳求学 11 年。

A 自小就有音乐天赋，一年级被选入市少年宫合唱团，高考考入星海音乐学院。大二在奥地利的舒伯特音乐学院来校招生时，她被选中。

作为独生女的 A 不顾家人反对，向留过学的堂姐借了 5000 美金去维也纳留学。

隔着 8000 公里的距离想象的艺术殿堂可以是唯美的、浪漫的、高雅的，但要在这个艺术殿堂活下去首先要解决与人沟通和温饱问题。

她用了半年时间才学会基础德语。

5000 美金花光之后，A 开始打工挣钱读书。然而维也纳明令禁止留学生边打工边读书，她只能打黑工。按当初家里的说法，在维也纳如果不能生存，就打电话叫堂姐给她寄一张机票，回国。

那时，A 已经同时考上维也纳市立音乐学院与国立大学，音乐道路走了很久，眼看梦想触手可及，她不想中途放弃。

A 发狠去工作挣钱，用挣到的钱参加德语提高班，拼命去学习，争取都拿到全额奖学金抵免学费。

她到华人餐馆倒果汁，去路边发传单，在商场做食物促销员……为了赚生活费，A做过很多兼职。一天下来，往往腰酸背痛。这种半工半读的状态持续了大半年，跟随生活费而来的还有过劳受损的健康和下滑的成绩。

3

A深刻认识到，打工与艺术不能并行，需要找既适合上学又能赚钱的兼职。于是她印了很多小广告在学校里粘贴，说自己可以教授钢琴，有兴趣的私聊。

这个小广告不仅为她招募到学生，支撑着她的学业，也成为她人生很重要的转折点。

一天，A在教学生弹钢琴时，接到一个电话，是当时维也纳16区合唱团团长，看到她的小广告问："你会教钢琴，自然弹得也不错吧，不如来给合唱团做钢琴伴奏吧。"

于是A在维也纳迎来第一份与合唱有关的工作。

在维也纳国立大学进修钢琴教育时，教授看到A指挥就说她天生应该做指挥。教授在她的耳边坚持不懈念叨了3年，鼓励她："一次没考上不算什么，可以第二次报考，反正多考一次，没什么损失。"

当钢琴、合唱、作曲都不能满足A时，她毅然报考指挥系。2008年，A正式就读于维也纳国立大学的指挥系。

毕业后，她正式留在维也纳的某一童声合唱团任指挥。她经常受邀前往各大学各交响乐团与合唱团做指挥，获得无数荣誉和奖项。

2015年暑假回广州探亲时，她被冠以年轻指挥家的头衔，受邀参加内地及港澳台的合唱团文化交流活动。

A告诉我，荣誉、光环来得猝不及防，但开心的是维也纳求学11年，终于可以把所学分享出来，和更多人交流。

现在A把维也纳当作她的第二家乡，平时都在维也纳工作、演出；寒暑假就回国内，参加国内的合唱团比赛和文化交流活动。

她希望让更多人去维也纳艺术殿堂深造，也希望把维也纳优秀的艺术资源引回国内，和大家交流。

10年前在街头派发传单、在餐馆倒果汁的女孩A应该没想到，憧憬着在欧洲闯出一片天地的她竟然有一天能成为指挥家，能终于说出："在维也纳这块艺术的土壤里，我竟然能如鱼得水。"

11年异国求学路上受过的苦，终于铺成了A小姐现在的康庄大道。

4

诗人泰戈尔说："你的负担将变成礼物，你受的苦将照亮你的路。"

是的。负重前行的人，走路当然吃力，但越往前走，你就越会发现，负担不再是负担，而是礼物。

畅销书作家安东尼在成名以前，不过是一个在墨尔本求学的普通中国学生。他最初留学攻读金融，半路转业，顶着家庭压力攻读酒店管理西餐专业。一开始英文都说不利索，但不得不逼迫自己去交流，投入到全新的专业中去。

每一个留学生几乎都有打工经历，安东尼也不例外。

除了每天的上课，安东尼还要去打工，这占去了他一天中十几个小时的时间。此外，深夜到家他还要写作，一开始在 MSN 上写，到后来被《最小说》约稿，再后来自己出书，一直未曾停过。

因为来之不易，所以备感珍惜。这样三件事同时进行，睡眠时间被压缩到最小化，有段时间，每天只睡四五个小时。

但一路走来，他的兼职从一个超市搬货员变成西餐厅厨师；他无标点的日常"碎碎念"变成备受欢迎的畅销书；他的英文越来越好，在墨尔本这个异国城市建立良好人际关系、拿到绿卡，生活平静安好。

至今，安东尼依旧在努力，去年在英国伦敦学了一年花艺；坚持每年出一本书，创立了自己的服装品牌和工作室。

他的书籍和微博记录了他一路走来的努力和生活，以及他受过的苦和取得的成就。落魄时、失意时，他不曾掩饰；辛苦时、难过时，他继续坚持。

努力和受苦从不丢人。不想努力的人，永远觉得努力没用。他们总相信，人生有一条通向成功的捷径。

但是呀，一个人必须非常努力，才能走过人生那段很苦的日子，走到一条很亮的路。

5

吴京在拍出56亿多票房的《战狼2》时，全身上下已经缝过100多针，鼻梁、手臂、腰、腿、脚等在各种武打场景遭受过骨折、扭伤、断裂等伤痛。

胡歌在成为备受观众喜爱的明星前，出过车祸，毁了容，失去好朋友，人生跌入谷底。他说："皮囊坏了，就用思想填满它。"他阅读、做公益，拍完《射雕英雄传》后，拒绝高片酬的电视剧，出演《永远的尹雪艳》等话剧两年，不断沉下心打磨自己。

富兰克林读书俱乐部的部长在享有"百万粉丝公众号"创始人的名号前，是一个在校学生。从人人网到微信公众号，从差点被封号到原创优质公众号，从独自运营到在北京创立工作室，一路走来，有很多煎熬的时刻。

在写作这条路上，也不容易。部长曾在写作群说过一段话鼓励大家：

我做富兰克林读书俱乐部，也不是一帆风顺，遇到了好多挫折。

每当我遇到困难、挑战时，我就会经常想起我导师对我说的一句话：你面前有两条路，一条容易的，一条艰难的。选容易的路走，它的回报一定也是简单的；选艰难的路走，它的回报无疑是丰厚的。

嗯，生活不是突然变好的，就像没有谁是突然成名的。

未来的幸运，都是过往努力的积攒。

你一定要相信，你吃过的苦，终会铺成你要走的路。

Chapter 3

停止无效努力，要在人生关键点发力

越有力量的选择，越能往上跃升

1

大四时，小洁选择进入 4A 广告公司做实习生。

毕业一年，班级聚餐。进入不同行业的同学虽说不上平步青云，但生活也日渐宽裕。

小洁还是在 4A 公司做着底层的实习生，没有转正，经常加班，每月领着不到 2000 元的低廉薪水。

同学们纷纷劝小洁，算了吧！不一定非要 4A 不可，转到其他广告公司，工资轻而易举翻两三倍。

看到因工作日渐消瘦的小洁，男朋友心疼而无奈："换个工作吧，做新媒体，或者其他公司的宣传策划都行。"

小洁坚决不肯。大学修习广告学时，她就坚定自己要进入顶尖广告公司工作的目标。凭借过往实习的作品和良好的专业素养，面试时，她过五关斩六将，成为某 4A 广告公司的实习生。公司选拔严苛，门槛高，非重点本科毕业的小洁面临着长时间的考核期。眼看一同进入公司的重点本科学校毕业的实习生纷纷转正，她只能化煎熬为力量，更快地提升自己。

为留在 4A 公司工作，尽管家在 G 市，但小洁仍选择和男友在外租房，怕父母看到自己超时工作会担心，阻止她继续做这份工作。

同行相争、家人和同学的劝阻，让她"内忧外患"，但她绝不轻言放弃。

小洁说："想要的比别人多，付出的自然要比别人多。有人选择短期利益，就有人选择长期的进步空间。我选择后者。"

男友拗不过她，只得支持。

这个实习生一做就是两年，直到去年年底小洁才转正，从一个月薪 2000 元的职场实习生，变成年薪 15 万的广告文案。

小洁身份的成功转换，让发出阻挠声音的人纷纷闭嘴。

2

前谷歌高管吴军在《我对年轻人第一份工作的建议》中谈到人的第一份工作的重要性。

大意是第一份工作哪怕工资比在其他公司低 20%，但如果有很大成长空间，也要选择留下来。

因为它会帮助你快速成长，帮助你养成良好的职业习惯，帮助你拥有纵观全行业，迅速抓住机会的能力。

"我发现无论是在中国，还是在美国，在乎 20% 工资的人要比注重自己成长的人多，因此就给有志气的人留下了机会。"

小洁属于那种有志气的人。

人人为了那点多出来的工资沿江而下时，她选择攀登行业高峰溯流而上，用两年时间蛰伏。

心理学家武志红说："越是大胆的选择，越有力量。"

我想多加一句：越有力量的选择，越能成为更好的自己。

年初见到小洁，她兴高采烈地跟我分享今年买婚房的打算。工作愈发上手稳定，经济条件好转。她说要做好升职、生活两手抓的准备。

有人说，同级毕业生，也许两三年看不出分别，但5年10年后，所有的差距就能一目了然了。

而小洁让我明白：优秀的人要脱离平庸的群体，拉开差距，两年就够了。

这份脱离平庸的力量，这份优秀的力量源自一个大胆的选择。

小洁愿用最好的青春年华去经历清贫和质疑，而没选择平庸和暂时的舒适。

逆流而上的选择，让人更有力量实现目标，变成更好的自己。

想要什么？舍弃什么？承受什么？变成什么？这个选择就是力量的源泉，也是日后成为谁的预兆。

实现目标，成为更好的自己，没有捷径。只有坚定不移地追求内心所想，坚决不打乱自己的节奏这样一个方法。

一蹴而就永远是妄想，选择一步步坚定地往上爬，才是抵达的力量。

3

《北上广不相信眼泪》这部写实职场剧在获取良好收视率的同时，也迅速赚足口碑。

人们感慨男女主角在都市职场生活里的艰难选择和步步

惊心。

我却感慨演员马伊琍的大胆选择。

从千疮百孔到志得意满，她所饰演的女主角身经百战，挑战的不过是 40 集的悲喜交加。

但对现实中的马伊琍而言，所有的一切都是荷枪实弹的经历。

丈夫出轨的新闻让她迅速被推至舆论的风口浪尖。她轻轻一句："且行且珍惜。"既表明立场，也回应了舆论。

人们说她是一个智慧的妻子，也是一个强大的妈妈。

她擅长赢也不怕输。她的发声和沉默准确把握了在娱乐圈行进的节奏。

总以为发生这样的事情，女人会像香港警匪片里的土匪"东窗事发""携款潜逃""避避风头"，等到人们的记忆被新一轮花边新闻刷新，再出现在大众视野。

然而，马伊琍偏不。

生活的浪潮打了下来，连观众都为她担心时，她选择迎面而上。

她接了戏，蹬着高跟鞋，一身职业装，带着明亮的笑容出现在荧屏前。

事实证明，她是对的。

电视剧大热，她的演技让人们记得她是一个好演员，而不只是一个花边新闻的主角。

马伊琍说："你遇到很多事情，当时觉得过不去，过两年一看，就觉得是付之一笑的东西。"

当她在选择直面舆论，重新接戏时，我想她已经获得逆流而上的力量。

2016 年底，她被《南方人物周刊》评选为年度中国青年领袖，如今不仅依然活跃在事业一线，也成为联合国儿童基金会形象大使。

4

作家沈从文在《从文自传》里写过这么一段话："把自己生命押上去，赌一注看看，看看我自己去支配一下自己，比命运来处置得更合理一点呢，还是更糟糕一点？"

沈从文先生 14 岁从军，经历过战争，目睹过杀戮。在时局动荡的大背景下，他读过私塾，经历了家道中落，当过小兵，做过副官，被白脸女人骗过钱财，升为司书，被调到报馆，又做书记……

生命似乎只是随水漂流，不由自主。他未曾想过未来如何。

直到在报馆看到新书，接触到留学的机会，经历过病痛和死亡他才觉悟了：见到的皆太少，应知应见的太多。

他决定进一所学校，学些不明白的问题，听些耳目一新的世界。于是他说了上面那段话，选择自己支配自己。

1922 年，20 岁的沈从文脱下军装，从湖南辗转来到北京，临走时上司给出承诺：情形不好，仍可回来。

因为仅受过小学教育，在北京大学旁听两年后，沈从文依旧没实现上大学的理想。但在 1924 年，他的作品陆续在《晨报》《现代评论》上发表。这也为后来他创办《红黑》杂志和出版社以及完成小说《边城》奠定了基础。

很难想象，如果当时 20 岁的沈从文先生没有鼓起勇气前往北京读书会怎样，还会成为一位优秀的作家吗？会有机会创办杂志，用文字引领思想吗？还有可能成为文学史专家吗？或许都不会。

如果没有那个选择，他或许只是湖南某个报馆的书记。20 岁的沈从文先生终究赌对了，在选择自己支配自己后，他的状况比命运来处置自己更合理。

做出有力量的选择，自己去支配自己，会发现，再多的烦琐也阻碍不了你拥有想要的人生。

再咬牙坚持一会儿，或许你想要拥有的人生会迟一些来，但它终究在来的路上。

比起忧虑未来，做好当下事情更重要

1

朋友在微信上问我，找到新工作了吗？我很不情愿地回复：找到了。

果不其然，工作待遇如何？为什么转行？工作时间怎样？以后怎么办？这些问题噼里啪啦袭来。

说实话，我不太希望别人知道我的近况，换句话说，我很缺乏安全感，所以某种程度上我不希望别人问我以上问题。很多事我都愿意默默地做，偷偷地失败或光明正大的成功。

一次性回答完朋友的问题后，她告诉我，在家乡县城做着银行工作的她打算辞职。辞职这个念头从去年 11 月到现在都没停过，苦水向我吐过不少，但她不敢走。她打算今年考完省考再说，但又害怕考不上。

我鼓励她："试一试，考上就解决一切问题了，暂时不要自寻苦恼。"

她说真羡慕我，大无畏往前，想做啥做啥，不用为未来忧虑。

我默叹一口气："可能你的工作福利好，让你弃之不舍，我只是光脚的不怕穿鞋的，现在一无所有，再差也没有什么好失去的了。况且，我很爱我现在的生活。"

她问：“为什么？是不是工作很轻松、很开心？”

内心处于半抓狂状态的我，几乎要扑到她面前抓着她的衣领：有什么工作是轻松的？你告诉我，我去做。

不要问我为什么，也不要给我太多的比较。没有什么比现在的生活更重要，在浮躁和激进齐飞的时代，能过好当下的生活，已是一种了不起的能力。

2

临近毕业季，总会看到师弟师妹在朋友圈发出各种疑问：我该怎么办？是找一份喜欢的工作还是考研呢？还是实行间隔年，先去台湾骑行，然后去西藏？

甚至不少大一大二的师弟师妹也开始担忧，是要参加社团活动还是好好读书？是要做兼职赚钱还是花钱去学一门技能？

听到这些，想起了大学时期的我。

我大一大二参加社团和篮球队，课余所有时间都拿去忙，没几次去泡图书馆；大三去兼职赚钱和旅行，没有学习吉他，让它尘封生锈；大四有同学叫我一起去台湾骑行，当时只想存钱买单反，想着毕业存5万元再去，拒绝了。

快毕业要找工作时，我就后悔没多读几本书，没学好一门可加分的才艺，后悔没有去台湾环岛骑行，还在去买单反的途中丢了手机。结果单反越来越远，毕业到现在，别说5万，卡里的钱从不超过5000。

身边很多同学也开始感慨：

如果当初……

如果重回大一……

如果……

如同英国诗人布莱克所说："在我遇到的每张脸上都有一个标记，那是缺憾的标记，是悲伤的标记。"

我们带着缺憾和悲伤的标记行走世间，心底碎碎念的是那个不可能的如果。

可是，我想，即使有那个如果，我也不愿意做别的选择。当初的一切行为都是因为喜爱，当时的那个自己快乐充实得我现在都忌妒，没有当初那个我，怎么会有现在的我？

做了当时一切如果的行为，现在会比较开心吗？会比现在更好吗？我想，未必。

那些泡图书馆、弹吉他、去台湾骑行的说不定也在后悔没有去参加社团，没有兼职和旅行，没有存钱买单反……

是青春太美好了，以至于我们怎么过都会觉得是浪费。

所以不要和过去的自己拧巴，不要让未来功成名就的你惋惜现在不够意气风发，也不要让未来挫败迷茫的你指责现在不够勤奋努力。

白岩松在一次高校演讲里，给迷茫而焦虑的青春学子说过这么一段话："爱你现在的时光！过去的已经过去了，较什么劲呢？未来的还没有来，你焦虑什么？"

对啊，焦虑什么？

有科学家调查，你所忧虑的事情，只有 10% 最后变成了现实。这个数据说明你的忧虑当中有 90% 是瞎耽误工夫。

焦虑不过是耽误工夫。

未来还没来，你能做的是让当下的自己开心、充实！不要让你花时间去忧虑未来的现在，变成悲伤和遗憾的过去。

3

我在 23 岁的时候完成了一件预计 30 岁才完成的事——我跑了全程马拉松。

用 5 小时 13 分钟跑了 42 公里多。

同事们知道我要去跑马拉松，都以一种不可思议的眼光看我，仿佛在说：年纪轻轻，真会作死。

还有一个多月就要开始马拉松比赛了，同事们都很为我着急：万一跑着跑着下大雨了怎么办？万一脱水怎么办？万一伤到脚踝怎么办？那么多马拉松新闻报道有人猝死，你不担心吗？……

谢谢各位的关心，不是还没跑吗？万一真有事，你们就为我默哀三分钟吧。

其实，我是真的喜爱跑步。自打报名那天起，我一直在进行慢跑训练，从十公里到十几公里再到二十几公里这种递进式训练，况且也做了体检。万一到跑步那天真有什么不舒服，我就停下来啊……

要来的问题始终会来，不会因为你的担心而停止。能做的，就是全力以赴做好现在的准备工作，等事情来了，随机应变。

学会不用猜想出的坏结果恐吓自己，停滞不前，你会发现，很多做不了的事情都变成可能。

一年前在操场上跑 800 米都快要歇菜的我，从未想过自己会跑马拉松。3 个月前报名全程马拉松，我想一定要把握好训练的每一天。

每晚夜跑我都汗流浃背，起风、下雨、升温，这些都不能阻挡我去室外奔跑的冲动！那时的我多么热爱这个有成就感的事啊！

至于未来能不能跑完那 40 多公里，有什么可担心呢？

在奔跑过程中，健康和成就感早已被我收入囊中。

4

曾经的上司对我说过一句话：学会让子弹飞一会儿，死不了人。

说人话就是，你急什么？没用。

话语的背景是：一个客户在我们期刊快要截稿时还没有把广告图发来。我们整个部门都在等着最后那页广告图到来，好校对、排版、印刷。

然而下班时间快到了，客户还没发过来。我抓耳挠腮，心急如焚，天哪！发过来校对如果需要修改，这个客户是不是又要拖上一年半载？

我汇报情况给上司，他从办公室出来看到唉声叹气的我，对我说了那句话。

果然，没有死人。我们部门一起加班到晚上 11 点钟。

这说明即使我再怎么无法接受坏结果，再怎么患得患失，该来的还是会来！

是不是有你的影子？

而你焦虑的问题终归有它的解决方法，即使不尽如人意。

大三那年拍摄微纪录片，需要后期剪辑。因为剪辑需要一个配置较好的电脑才能较快导入、剪辑、导出，看到编导班的同学在实验楼电脑室彻夜剪辑，我们也打算申请在晚上下课以后使用实验楼的电脑。

但保安不给我们开门使用，我们打电话给任课老师，老师说："这个是学校保安处管理的，如果他们不给，那就没办法了。"

那时，除了气愤和惊讶，第一次感觉有些问题的解决方法是没办法。

我们只好把素材分成几份，回宿舍用电脑各自剪辑后再集合。

卢思浩说："成长的很大一部分，是接受。接受分道扬镳，接受世事无常，接受孤独挫折，接受突如其来的无力感，接受自己的缺点。"

总有一些问题在你能力的上限之外，不论你是多么想触手解决，都是白费力气。

所以，无论此刻的你多么想成功，也要给自己一点时间和空间。

5

我到现在都记得，凌晨 5 点钟我们片子出来的那种喜悦，和在课堂上分享时臭不要脸的自豪。

接受当下的自己，做好当下的事，过好现在的生活，就已经很了不起。

至少在旁人唉声叹气怀念过去，忧心忡忡焦虑未来时，你还在做一件事。比起他们，你已经在生活的跑道上快跑了。

不要等到你结婚生子，每天做饭带孩子时又来感慨，当时的工作多么有挑战性，多么让人有成就感啊！

英国哲人罗素，随着岁月的流逝，更热爱生活了。这是因为他发现了什么是他最想要的东西，并且慢慢地得到了不少。

你要在世间生活，首先是要活好自己。成功就开心，失败先难过，下雨就撑伞，哭泣就擦泪，摔倒就爬起。

要知道，即使你觉得现在的生活有多不堪、多窘迫、多无力，但总会让你得到什么。未来的某个时刻，你一定会缅怀、会怀念、会感激。

过去已过去，未来还没来，我们不必焦虑。

苏格拉底说：当你全心全意做好一件事时，幸福将不期而至。

爱你现在的时光，且行且珍惜，总会发现什么，得到什么。

愿你懦弱后、失望后、发泄完后，还能活好当下的自己，还能继续前行。

为什么要对不确定性保持乐观

1

爸妈52岁时终于在东莞买了房，也就前几年的事。

当时房价涨势与如今一样，一分钟一个价。快到退休年龄的父母，除了在老家盖了一栋二层楼房外，在"拥有"的物质方面，极度匮乏。

他们打拼的大部分财富都用来抚养几个儿女，以及让孩子们接受教育。

当年和父母同往深圳打拼的同龄人，抚养子女成人后，都用积蓄买了房。我父母的所有积蓄只够支付首付，一旦确定买房，就意味着每月要背上几千元的房贷。工薪阶层的父亲对此很苦恼，担心房价下跌或还不起房贷。

母亲倒乐观，她说："没事，就先买吧。女儿快毕业了，几个人一起供，会很快的。"

母亲拍板签约，如同20世纪90年代在乡下建房时那样果断。当时一穷二白的父母，撸起袖子就干，几个月就建起村里第一栋平房，但也欠下一屁股债。

债务到2002年才全部还清。

这件事影响了母亲对其他事情的态度，她的乐观得以持续：

没有过不了的难关，一步一步来，事情总会变好。

父母生在很不确定的年代，百万裁兵，生产大队改制，全员"下海"……嗯，这种"改变常常发生"的不确定性促使他们一方面去努力追求稳定，一方面又不得不去适应这种不确定。母亲对不确定事物的勇敢尝试，让她抓住了一些东西，也影响了我们。

至今都很感谢母亲买房的果断。在房价暴涨的今天，在工资水平难以提升的现在，那房子成了我们一家人努力的方向，保有我们对更好生活的憧憬，也成了我们内心安全感的来源之一。

母亲的那套处事逻辑影响着我们一家人：即使充满不确定性，也要尝试一下，努力达成。毕竟，放到一个较长的时间里，事情的发展是越来越好的。

今日头条 CEO 张一鸣曾说过优秀年轻人的一个特质：对不确定性保持乐观。

只要你对事情的不确定性保持乐观，你就会更愿意去尝试。

我的母亲因为这份乐观，从一个优秀的年轻人……变成了一个优秀的中年妇女。

2

C小姐就是这样优秀的年轻人。

她的优秀不在于月薪多高，而在于在现有水平的基础上，她能让生活开出一朵花来。你不敢想、不敢做的，她都会想到、做到，然后，让你看到生活的另一种可能性。

这个女孩有把悲惨故事给你讲笑的能力。毕业那年，她辞去一线城市的工作，返回乡下照顾生病的母亲。当时大家都很迷茫，每一件消耗能量的事情都让人恐慌。唯独C小姐本人，朋友圈里宁静祥和，常有自嘲段子来幽默一把。

探望C小姐的那两天，被她生活的能量震撼到。

C小姐笑着来拥抱我，带我到附近的餐厅吃饭，规划好两天的行程：早上跑步，然后吃当地特色美食，一同跑采访，然后晚上去那个很好的酒吧……

她熟悉附近的美食、休闲的场所、电影的场次、跑步的公园……那些不愉快的经历，似乎并没有影响到她，每一句话都包含着对下一秒生活的期待。

"不是没影响，是挺过来了。"她咬着烧鸡。

那时，C小姐每天开摩的奔波于市区和家里，几十公里车程消耗着她的精力。三个月后，沿海城市的风吹得C小姐面颊苍老，也吹走了她的不幸。

母亲病情有好转。C小姐在市区租房安定下来。大单间宽敞整洁，桌椅齐全，落地窗放进大片阳光，这耗去一半实习工资。

剩下几百块怎么生活呢？C小姐说，早上、中午去食堂吃，晚上煮粥喝，健康实惠。

"不要用那种眼神看我，至少我有的选。" C 小姐决定在家乡的沿海城市安定下来，再实习大半年，她就有机会转正。

"大半年，有多少未知数？万一不能转正，就蹉跎了一年光阴呀！"

C 小姐说："也有对不确定的恐惧，但恐惧伴随的是欲望，这样好办了，欲望是我好好活下去的动力。"

别人眼中她遭受的"苦难"，不过是她体验生命的资本。不确定意味着有的选，这是她欣慰的部分。

我亲爱的 C 小姐呀，把每一种新的生命经历都看作"换一种活法"。这个对不确定性保有如此乐观态度的女孩，常常能在生活的逆境里立于不败之地。

3

克莱儿·麦克福尔在《摆渡人》中讲述了 15 岁女孩迪伦遭遇交通意外后，崔斯坦为帮助她摆渡灵魂，带领她穿过恶魔的荒原，最终护送她到安全交界处的故事。

这段"境由心生"的荒原，是一场没有时间节点的灵魂摆渡，每一步都是不确定。

不确定下一步土地里是否有恶魔，不知道山谷里的饿狼什么时候会袭击，不知道渡过河流时，恶鬼是否会掀翻船只……

恶魔涌现，崔斯坦与之搏斗，对迪伦说："一直往前跑，才能到达安全的地方。"

嗯，愈是不确定，愈要往前跑，把困境和恶魔甩在身后，才能安全。

历经困难，迪伦的灵魂终于到达安全交界处。崔斯坦要离开她去摆渡下一个灵魂。

迪伦发现自己爱上了"生死与共"的崔斯坦，决定返回荒原寻找他。

时间在交界处是静止的，迪伦只需要考虑自己何时能做好准备就可以了。

她想到了自己可能面临的各种情况——一扇永远无法打开的门，一片荒原，一大群魔鬼，一番大海捞针式的绝望搜寻。这一件件令人恐惧的事让她不寒而栗。

她又能做什么来应对这未知的一切呢？

要么永远不踏出那一步，要么就是现在，时不我待。

她推开门走入荒原，与恶魔搏斗，曾受伤，曾在黑暗中失望，一身伤痕的迪伦一直往前跑，直到找到崔斯坦。

迪伦在救护人员的叫喊声中醒来，崔斯坦握着她的手说："我在这里。"

《普罗旺斯的夏天》里，爷爷保罗对爱情失意的孙女说：

爱情之路有时就是蜿蜒曲折，对你对我都是一样。就是因为这样才要相信爱情。生活比我们想的还要曲折离奇。

不确定某种程度也是一种美好，它会促使你走上蜿蜒曲折的道路，看到不同的风景，遇见不同的人。

乐观一些，勇敢地走下去，总会收获想要的东西，修炼成更好的自己。

4

有朋友跟我说，在这个变化快速的时代，不确定是常态，但可以确定：每个行动瞬间都是改变的机会。

罗振宇参与录制综艺节目《奇葩说》时，发现节目组改动很大，节目组老板马东给出解释："这些改动我们也是第一次做，成不成，只能试试。"

这样做有两个风险，一是变化的风险，观众喜欢与否？接受与否？这是可以承受的。第二个是不改变的风险，这是不能承受的。观众抛弃一个一成不变的节目没有任何理由。

罗振宇把它归为市场逻辑的残酷：不管你有多成功，没有任何东西是能在上面坐享其成的。

从这个层面来说，不确定性和变动性每个人都会面临，所处社会中的我们面对未知都是公平的。

而一个人知道自己想要什么，就可以忍受在追逐旅途中的任何不确定性。

是的，对不确定我们需要一场新的解读：不确定意味着现在的决定，以后都会慢慢变好；不确定意味着有的选是一种好事；不确定意味着现在改变还来得及。

既然前途未卜，何妨勇敢一场，你也会成为那个优秀的年轻人。

把你的人生变得有无限可能

1

在澳大利亚打工度假的月亮小姐给我发了几张照片：喂马、划船、攀岩、逛跳蚤市场、文身以及满天繁星的天空。她说，她在澳大利亚过得很好。自拍照里的笑容略显疲惫，遮不住愉悦和甜美。

月亮小姐在当地一家牛肉厂打工，此前她是深圳一个月薪颇丰的新媒体编辑。从3月到现在，月亮从吉隆坡到黄金海岸到布里斯班，飞过几千英里的高空。

月亮小姐的朋友圈里很多点赞，很多羡慕的评论："好赞呀！""真想像你一样。""有点心疼。"

这看似美好的状态是月亮小姐不断折腾后的"成果"。拿到澳大利亚打工度假的签证不易，月亮小姐苦读一个月考过雅思，然后又折腾抢签证。因为工作忙，抢签证这事她交给某宝。然而，被骗了，名额和服务费都没了。

家里得知月亮小姐要放弃高薪工作去国外，纷纷阻止。月亮小姐和家人来了个君子协定，如果出国一年她能开开心心净挣10万，亲戚们就给她闭嘴。

第二次发放名额时，月亮请假去抢。网络一度瘫痪，月亮终于抢到名额，喜极而泣。

月亮小姐说，在异国不能凭脑力吃饭，就凭手艺吃饭，她力求把到达眼前的每一个牛肉罐头包装得精致。为把握好 8 小时工作后的生活，月亮坚持下班后学习英语，直到能轻松使用当地网站和社交媒体获得信息。

月亮小姐认识了来自内蒙古、台湾和香港的打工度假的年轻人，她也和当地提供住宿的原住民成了好朋友。她认识很多人，写了很多字。她说，这里的夜晚可以看到银河满天。她又说，别看我的街拍像大片，现在看起来多享受，初到时就有多不安，一直感觉自己运气很差，不被眷顾。

她感叹："现在看来，原来我一直是个幸运儿，幸运到一直走自己想走的路。"

是呀，月亮小姐一直是个幸运儿——她一直努力把自己变得很幸运。她幸运地过上了很多人从未看见的生活。

2

大三，同学们都在拼命补选修课程时，月亮小姐去了新浪实习，每天工作超过 12 小时，偶尔一起吃午饭都要和我们谈论文案。

因着这份努力和认真，她从众多实习生中脱颖而出，成为新浪网的一名编辑。一年后跳槽去一家潜水服务公司经营公众号，一个月后转正，顺便考到潜水证。几个朋友都惊讶于她的精力充沛和勤奋，月亮说，乐在其中。

努力去达成自己想做的事，本身就让人兴奋和有精力。得感谢那个努力的自己，才有了选择的余地。月亮认为，有的选，本身就是一件很幸运的事。

去年月亮小姐刚拿到签证，她就给我发了信息：一起吧。你先去考雅思，两个月后还有一次名额发放，帮你抢。

我考虑很久，心动过，但当时处于职业上升期，没有答应。月亮小姐就把考雅思的所有书籍寄给我。

朋友们偶尔聚会，感慨月亮不曾如我们般小心翼翼地活着，她肆意、洒脱、乖张。翻看月亮在跳蚤市场淘货的笑脸，翻看她在超市拎着大包食物的背影，我们都为她鼓掌，我们深知在陌生的国度活出舒适的样子不易。

她是蔡康永说的那种 20 岁就穷游到罗浮宫看油画的勇敢女孩。

月亮给了我们很大力量，几个女孩都勇敢地走了自己选的路，去做了一些有些难但能记住的事。我去国外跑马拉松，认识很多陌生人，住过不同民宿，看了很多风景。那段经历让我成了别人眼中的幸运儿。

是呀，真的幸运。做了很想做的事，遇见了有意思的人，就是幸运。异国迷路和跑步的经历给了我很大的力量，每每失望或疲惫，总能获取到力量，支撑到现在。

亲爱的月亮小姐呀，谢谢你曾照亮我的夜空。

谢谢你让我相信：越努力的人越幸运。

3

回家乡 Y 市工作的 C 小姐给我寄了一本书，一个叫范海涛的女记者写的《就要一场绚丽突围——30 岁后去留学》。

范海涛本是首都一家媒体知名的财经记者，因和李开复博士合作撰写《世界因你不同·李开复自传》，获得了蓝狮子中国本土最佳商业作者奖，成为国内赫赫有名的财经作家。她所拥有的人脉、资源和文笔功力都能让她轻松完成工作，获得荣誉，享受生活。

但她不满足现有状态，感觉自己进入瓶颈期。她决定年过30 也要去留学。

出国留学几年，意味着什么？放弃高薪工作和稳定生活，暂时割舍行业内资源，加上互联网时代的快速发展，她无法把握留学回来后能否适应。过程当然是痛苦的，家人担忧，好友相劝，她一边工作，一边拒绝各种聚会的诱惑，早起晚归苦读。

一年多后，范海涛终获哥伦比亚大学的录取通知书。她成为哥伦比亚大学口述历史专业的第一个中国学生。

适应异国生活很痛苦，她哭过，挣扎过，害怕过，在一次次仿如战斗的课业里，她成长起来。这期间，她用文字记录下留学始末的选择与挣扎、自我成长和奋斗的思考。

几年的留学不是搁置，是填充。学成归来后，各大媒体纷纷对她抛出橄榄枝。她说自己是幸运的。她很庆幸，自己当时坚定地选择去留学。她拒绝了很多邀请，找到愿意奋斗一生的事业——非虚构写作与人物传记撰写，创立了"海涛口述历史·人物传记工作室"。

没有谁天生勇敢，没有谁天生幸运。谁都曾徘徊彷徨。世上没有白走的路，每一步都是你走向远方和光明的凭证。

范海涛在书里写道：内心驱动的教育，最终成为丰富自己的内因。我到了 30 岁，才感到这种自我驱动的磅礴力量。那种力量，一旦长成，生生不息。

4

送我书的 C 小姐也是 Y 市一家媒体的记者。她也是一个努力的幸运儿。上个月相聚，C 小姐还跟我们探讨一年内如何买车的计划。这个月初，C 小姐就开着新买的车（家里给首付，她负责还月供）去上班了。

C 小姐说欢迎各位同学来 Y 市旅游，以后她的副业就是 Y 市地导。

给她的朋友圈点了个赞，手动点了很多很多赞，说：祝贺老 C 离梦想又近一步。

C 小姐用一年时间去实习。这期间开着摩托车转遍 Y 市跑新闻，无论刮风下雨，无论阳光暴晒，每天都提前交稿。周末就去偏僻的另一城区练车，用 3 个月时间拿到驾照。

为了不被低廉的实习工资打败，她在网上接起文案策划的任务。因为害怕小城市安逸的生活会让自己落后，她每天腾出两个小时看书，再穷也从不节省每月 200 块的购书经费。

这么奔波折腾了一年，她转正了，也可以开着小车跑新闻，不用再被风吹雨淋，她可以更快捷地到达想去的饭店，美食一顿。C 小姐美其名曰：省下时间，吃出好心情，以更好的状态投入工作。

看到她的朋友圈，班群里有人说她幸运，羡慕她有稳定工作，羡慕她有书有茶，羡慕她生活安逸。

宿舍几个女孩都知道，C小姐现在有多"幸运"的表面，当初就有多努力。

此前《奇葩说》的一期提到一个话题：要不要给朋友的朋友圈点赞？蔡康永引用了一位老先生的回答：既然是朋友，就点赞，一是朋友需要关注和支持，二是这些朋友的状态，让我们看到了不同生活的可能性。

我想说的是：在羡慕和感谢朋友们分享不同的生活状态时，也请体谅和理解每份光鲜亮丽的来之不易。

C小姐没有回应那些羡慕之言。她选择走自己的路，不被他人的期待绑架，不为他人的仰望止步。她依然不敢懈怠，出租房里的墙壁上依旧贴着密密麻麻的便利贴，便利贴上是各种笔记和待办事项。书桌上的笔记本永远处于摊开状态，便于随时记下思考。

C小姐说：努力工作，好好生活，留住钱和命去实现自己的理想。

5

古典老师在《你的生命有什么可能》中写过一个努力银行的童话：

上帝开了一家努力银行。每个人都有自己的账户，每天往里面存自己的努力，有人存得多，有人存得少。上帝负责保证公平无错账，还要标注那些存努力存得最多的金卡客户，给他们分配更多回报。每隔10年，上帝就调出所有金卡客户抽一次奖，然后随机把巨大成功分给那个幸运的家伙。他告诉女儿，只要努力，就会有合理的回报。而巨大的成功，往往来自幸运——但请先确定，你努力拿到了金卡。

所以，谁说幸运不是一种实力呢？不论是奔赴异国的月亮小姐，还是踏实工作的我；不论是著名财经记者范海涛，还是三线城市跑新闻的C小姐；不论你在哪儿，不论你的位置高低，只要努力了，都会有合理回报。

只是一些人在"努力银行"支取太快，看到别人取出额度大时，就会羡慕：他也太幸运了吧。却忽略了那个额度，是别人存了许久努力，不曾支取的结果。

在这个毕业季里，在这个大家都准备放手一搏的时刻，把以上故事分享给你。也把古典老师的话分享给你：记得要活得精彩，活得认真，跟自己比。愿你过上我从未看见与理解的生活。愿你的生命有无限可能。

不抱怨，拥抱你选择的生活

1

大学同学 L 小姐上个月结婚了，翻看朋友圈才知道。

新房整洁敞亮，挂满气球彩带，她一袭红色旗袍，被几个姐妹簇拥着，嘴角上扬。

L 今年 24 岁，面容姣好。大学时我们是隔壁宿舍的，玩得算不错。

舍友感慨：L 真厉害，不管是工作，还是结婚的目标，都实现了。

大一入学那会儿，我们两个宿舍因为阳台相连，常常串门交流，分享未来的规划。

有人说毕业要成为职场达人，有人说要自己创业，有人说要继续深造。

L 说，毕业想回家乡的城市找个专业对口的工作，然后结婚，做个有工作有家庭的主妇，过着幸福的小日子。

当时我们面面相觑，都觉得 L 的期待太简单，属于"胸无大志"那款。

毕业以后，很少联系，大多通过朋友圈去知晓对方的生活。

想要成为职场达人的，在拥堵的大城市穿梭行进；想创业的，在家乡的城市有了小小的工作室，四处奔波谈业务；还有的与男朋友共同经营着一家线上店铺……

当 L 结婚，我们又在群里交谈了一把，感慨万分。知道自己想要什么的人不多。能一开始知道要什么，并迅速达成的人更少。

L 没有拖延症，大学时在班里永远第一个交作业，不在乎每次中等成绩，她说她要尽快做完，腾出时间做其他事情。

她会在下午没课时做好吃的，会积极参加社团活动，会打扮得美美的，去见男朋友。

L 很早就知道自己想要什么，并有自己的侧重点。当 L 在朋友圈分享着工作的成就，结婚的喜悦，这既在意料之外，又在情理之中。

各自在生活里浮沉着，我们愈发明白往前一步需要巨大的力量，深知，没有任何一种抵达是容易的。

选择回乡工作、结婚，过好小日子，这种小众选择比留在大城市更需要勇气。

像 L 这样一个将自己选择的生活走到底的人不多。她属于村上春树说的"无论别人怎么看，我都绝不打乱自己的节奏"的那种人。

当看到她在朋友圈晒的结婚照，我们都点了赞，并写下祝福。为她拥抱自己选择的生活鼓掌，为她的幸福祝贺。

2

有人选择归去，就有人选择留下来。

同事 C 小姐早前辞了工作，去进修。当然有劝阻的声音：在寸土寸金的城市里，辞职读书万一没考上，你又没工作，房租水电怎么办？日常开销怎么办？

其他同事给 C 小姐描绘了辞职以后居无定所、饥肠辘辘的凄惨画面。

C 小姐说："存的钱够我 6 个月的开销，6 个月考不上，大不了再找工作。反正我现在非读书不可。"

她把包一提，离开了办公室。

4 个多月过去，C 小姐在进修的路上走得很好，最近在准备留学事宜。

寂静的生活似乎又热闹起来了。她的雅思考试拿到不错的分数，去泡图书馆也带上了憨厚老实的男朋友，偶尔接受闺密的邀请，去吃一顿很好的料理，最近在参加一个教授邀请的圆桌会议。

她说，去英国伦敦某大学的申请已经下来。现在要做的是练就过硬的语言技能，以防在课上听不懂，影响学习。

C 小姐越来越好，活成了她想要的状态。质疑过 C 小姐选择的人，也变成羡慕她的人。

我问 C 小姐："万一真的抵达不了，你会为自己的选择后悔吗？"

C 小姐反问我："在没抵达前，谁能知道那里的风景如何？我也是在往前走时，知道下一步该怎么做的。到得了，有到得了的生活，到不了，有到不了的另外选择。反正都是生活。"

想起心理学家武志红说："越是大胆选择，越有力量。"

C小姐辞职进修，当然有较好的家境因素在里面。但是如果没有那份勇气，那股沉下心来学习的坚持，怕是很难成功。

每个人的人生轨迹和追求都不一样，与其总在害怕抵达不了而不敢出发，不如先定个目标，走几步，试着抵达。

如C小姐所说，先抵达一个目的地，才知道下一步想要做什么。反正到了有到了的生活，到不了有到不了的另外选择，都是生活。

3

看电影《布鲁克林》，我学会了一个新词"amenable"，字幕显示为"顺从"。

女主艾莉丝不满面包店女老板的苛刻，想见识更广阔的世界，从爱尔兰小镇赴美国布鲁克林工作。

第一年，她不习惯在百货公司柜台工作，很难与顾客搭话，也很难融入所住公寓的生活。总之，美国生活和自己希冀的不一样。她无比怀念爱尔兰小镇的生活。后来艾莉丝报读了夜校，在布鲁克林大学学记账，也在一个社交晚会上认识了一个意大利小伙托尼，坠入爱河。

一天晚上，托尼接艾莉丝下课，他们在公交车上聊天。

托尼："我喜欢你这个样子，我不知道怎么形容。当你对每件事都配合的时候。"

艾莉丝："amenable？"

托尼："是的，顺从。趁着你还顺从的时候，我们能在这周你没有课的晚上去看场电影吗？"

艾莉丝："我愿意看两场。"

托尼："真的吗？"

艾莉丝："真的。就算第一次约会不顺利，我会再给你一次机会。"

艾莉丝慢慢习惯纽约生活，开始微笑，适应在百货公司的工作，也与托尼秘密结婚了，她感觉在美国有了新生活。但姐姐露丝突然病逝，母亲孤身一人，将她拽回爱尔兰。

久去归来，小镇变得有人情味。大家见面互相打招呼问候；姐姐工作过的公司请她帮忙整理账目，并挽留她；闺密为她介绍的镇上高富帅青年吉姆也钟情于她。

在大都市生活过的时髦感，使得艾莉丝备受欢迎。小镇生长出留下她的魅力。

然而，被吉姆告白的第二天，原来面包店的女老板把艾莉丝叫过去，八卦着她在纽约和如今小镇的生活，满是挖苦。

艾莉丝惊讶又愤怒，突然想起离开家乡的原因：小镇闭塞，人们甘于平庸，却见不得别人好，飞短流长。

她选择离开小镇，回布鲁克林，并留信向吉姆坦白。

影片最后，艾莉丝等待着托尼下班，托尼看到她归来，兴奋地抱紧她。

"amenable"，除了顺从，还有负责的、经得起检验的、可用某种方式处理的意思。

艾莉丝选择留在布鲁克林，不是因为那里的生活比小镇容易。而是她明白，大城市尽管大多是陌生人，没有归属感，但有自由，有学习的机会，有无限的可能。

她的回归是对自己所选择生活的负责。

她抱紧托尼，也抱紧了自己未来的生活。

4

大学写作课的老师，是个 30 多岁的精致女人，与英国籍老公离了婚，独自带着 7 岁的儿子生活。

她说以前怎么也想不到会这样，想的是会和初恋男友过着和和美美的小日子。

老师家境一般，本科毕业后当了两年外国旅游团的导游，然后去英国留学。

留学第二年和初恋男友结婚。她很痛苦，她告别家庭，告别最爱的人，不断经历痛苦的离别，以为这样，会更强大，更有能力给家人和爱人更好的生活。可是，还没抵达，就开始失去。

她怀疑自己的选择是否正确。

但还是坚持把学业完成，这期间也遇到了自己的先生，并有了宝宝。

她毕业后在英国工作了两年，因为文化差异和先生的感情变化，经历离异。她拿下孩子的抚养权，回国继续读博深造。

在 36 岁那一年，她当上大学老师。

她在课上讲着异乡求学史时，语气平淡。我们却不免感慨，知道她如今的生活状态，更是佩服。

老师总会提前 15 分钟到达教室，等待学生到来；总是化着精致的妆，绑着利落的马尾，精神饱满，一袭白衬衫棉布裙，仿如少女。

她从不抱怨自己的经历，反而感恩现在的生活。

在最该奋斗的年纪，在外打拼，经历一些事，获得想要的学业和工作。在想安定下来的中年，能过上平稳的生活，能和这么多学生分享自己的阅历和学识，实现自己的价值。

不论是为母还是为师，她都很幸福，她说，好好珍惜当下的生活，就很满足。

5

千百种人有千百种生活状态。

美国作家维拉·凯瑟说："你会在风平浪静时学会一些事情，在暴风骤雨时学会另一些。"

不论是小镇平和的生活，还是大城市水深火热的日子，不论是义无反顾地前行，还是看似缓和的沉着修炼，都需要勇气和力量，都是生活的必修课。

向左走还是向右走？往前一步还是暂时停下来？什么样的生活才是自己想要的？

不试着走一走，谁都无法知道。

写作课的老师说："人生来有种种不公平，但有一样东西是最公平的——时间从不说谎。"

没有一种抵达是容易的，正因为不容易，才更应该拥抱现在所有的生活。

不论你追求哪一种状态，希望你总能大方地拥抱自己选择的生活。

别怕困难，早点儿出发才能早点儿抵达

1

在读大二的堂妹，想参加学校一个社团的社长竞选。

她在社团里待了一年，已当选上一个部门的负责人。

她问我："姐，你说我适合吗？能拼得赢其他部门的人吗？要不然，我等一等吧，等下次竞选。"

大学里，我有过同样的经历，在一个位置上不好不坏地待着，得不到想要的，但也不会失去什么。所以，有时这种"并不太坏"的感觉，会告诉我：算了，等下次。

然后发现，很多事情在"等下次"的过程中会不了了之。

因为人是会变的，可能下次会害怕，会不想要了；事情也是会变的，下次的时候，选拔制度可能变了，而你不在范畴内。

我告诉堂妹自己的经历，说如果现在很想参选，别管适合与否，别等下次。反正竞选失败和等下次没啥分别，而参选，还多了当上社长的可能。

两个星期后，堂妹说她当上了副社长。

她兴致勃勃地跟我分享，准备个人演讲的苦恼，构思社团未来一年计划书的难熬，制作PPT的痛苦……

"又痛苦又快乐，可算完成啦，成就感满满的。"她说。

虽然没当上正社长，但她说不留遗憾，在竞选中她尽力了，而社长确实比她优秀。

她不再是台下局促不安地看着台上演讲的小女孩，满满幻想：要是我来做这个，一定比他们好吧？现在她是身历其境，感受其煎熬，做过修正的"当事人"。

未来可能会有更多的"比赛"在等着她。可是，比起那些"等一等"的人，她已及早上场得分。下一次，她就不会问：适合不适合？等下次吧？

蔡康永说："人生想要早点儿得分吗？想想打球的人，若只练瞄准，却老是球不出手，人不上场，恐怕会沦为白练。球场上状况百出，身历其境，才知如何修正，命中率才会提高。你要得分？你得及早上场。"

下一次，堂妹会从容一些，步履轻快地上场吧。

2

我半年前就嚷嚷着要出国旅行，总因各种忙的理由未能出发。

身旁好友不时问我，去某国了吗？

"还没准备好，迟些吧。"

问了多次，日期总在延后，好友也失去了兴致，不再询问。

前不久，因参加一个活动，终于出发。

上班时间忙，下班时间少，却要折腾买机票、酒店预订、行程攻略、入境准备这些事情，心烦到想打退堂鼓。

冷静下来，又对自己说：抓住这点冲动，迈出第一步，剩下的就好走了。

除了打鸡血的时刻，还是会因为懒和疲惫，想去给活动退费，索性不去。心情会从"世界那么大，我想去看看"到"感觉身体被掏空，不如在家葛优躺"转变。

困难这个东西不会因为你内心的期待和浪漫让路。

做什么事都有困难，出国旅行手续复杂，需要请假回去办护照；机票要改签，不得不给航空公司打了一天电话，发了十多封邮件；第一次坐飞机，跑错航空公司，只得重新寻找排队；入境要各种确认信，就上网下载打印……

入境时，因为没把入住酒店写上全英名称，又看不懂该国语言，没法回答当晚入住酒店，差点被海关拒绝入境。

但在各种阻碍中，本着"反正都到这一步了，就继续下去吧"的心理，竟真的就把旅行计划实现了。

尽管旅行并非一直舒适，要早起去各个景点，要转换交通工具去网上推荐点品尝美食，要用上肢体语言和翻译软件沟通……

庆幸的是"我已上场"，这让我能看到美景，吃到美食，遇到很温暖的人，备感开心和珍惜。

这种经历的满足感远高于前期准备的挫折感。

更重要的是，我已经做好准备——不论遇到好的情况还是坏的情况，不论是规避措施还是承受心理的建设。

既然决定要做一件事，很多环节和烦琐躲不掉、避不开，就坦然面对，及早上场。

磨去几丝耐心，耗去一些时间后，终会踏上想要的旅程。

重要的是，你得出发。

3

入职不久，领导让我交一份策划书。下午3点钟告知我，5点钟需要交，只有两个小时。

以往都是团队协作，第一次领到个人任务，很紧张。

暗下决心，要把策划案做得完美。于是脑袋开始自主风暴，排版要精简，字体要美观，项目条款列举要详细，底色要淡雅，哦，还有水印，也要特别一些……

因为担心成品不好，每敲下几个字，总觉得不舒服，又删掉。

删删改改中，领导来问我要策划书。而我连一半都没完成，羞愧又着急。

领导看了看我的电脑，面无表情地说："你做完再下班吧，别想着做得有多好，先把它弄完给我。"

晚上7点多钟，我总算把策划书交上去，光想着要完成上交，也顾不得版面美观与否。

接收后，领导没给修改意见。他说："让你做事，先做完，再修改。先有主要躯干，再追求细节。你看每次发布的新一代iPhone 都不完美，只比之前多了一两个功能，或者换个颜色。等它完美再发布，市场早没啦。你先回去吧，我来改。"

想起高中的语文考试，每到写作文，总想着要写一篇惊天地泣鬼神的文章，开头要让人眼前一亮，结尾要荡气回肠，让老师改完卷，也有掩卷叹息的冲动。

然后，不够时间，800 字作文写了 500 字，被老师叫去谈话。

"怎么没写完？"

"我在花时间构思。"

"想那么多有什么用？没看到就是没分。"

老师接着说："不要把它想得多完美，重要的是你把它做完。"

领导和老师的那番话，帮我解决过很多疑惑。在后来的工作中，感觉很难时，我会对自己说：多坚持一会儿，先做完它，做完就回家睡觉。而往往第一次完成的比后来构思的要好。想法可以有很多，但必须完成一个，这样，才有实质的东西和资格参与竞争。

也才知道，做得好不好，总得先有成品，才能给予评判和分数。

4

使用手机的 App 时，常有的体会是：这些 App 频频更新版本。每一次更新，基本看不出变化，只有一项小功能的改进或增加。以往觉得无用而无聊，看到马化腾的一篇报道，才试图理解这背后的逻辑。

当初做微信时，马化腾有过犹豫，担心微信会对手机版 QQ 造成冲击。但如果不做，对腾讯企业的市场份额冲击更大。上线一年，微信就凭借语音、摇一摇等功能从同类创新产品中脱颖而出，迅速汇集用户。微信版本也频频更新，多了收付款功能，多了城市服务，也多了置顶功能。

马化腾说："我们永远是 Beta 版本（测试版），要快速地去升级。可能每两三天一个版本，就不断地去改动，然后上线。"

到现在，微信月活跃用户数超过 8 亿，成为国内 90% 手机用户的选择。

在信息大爆炸的互联网时代，快速、精准是产品获得用户的关键手段。

快速意味着，产品要及早上线。

逻辑思维每天 60 秒语音，不久前做了一个改变，把结束时给的关键词放在一开始。

这极为方便，我会开始听语音就输入关键词提取文章。以往听语音的频率可能是一月几次，现在是每天。

看过一篇文章，说新东方的讲师都有没准备好就硬着头皮上场的经历。事后回首，硬着头皮上场的经历，最是锻炼人。因为被逼着比其他人提早上场，他们在思维、反应、说话方式方面能更早自主修正和改进。

韩寒说："最讨厌听见有人这么说，要是我去干这事，一定比某某某干得好。滚！你在台面上看见我成功一次，我在台面下就干砸十次，那又如何，我又没死，不停地干就行了，人们只会记住你成功的那一次。"

以上，是我对"不要等下次"的理解。

永远没法做好准备，因为事物永远变化发展。能做的是及早上场，及时修正，慢慢往想要的方向改进。

　　早点儿出发，才能早点儿抵达。

多数自由的选择，都需要经济基础

1

今年年初米香结婚，邀请我们参加婚宴。

一群同学都收到了邀请帖，也收到米香开玩笑似的话语："备好份子钱和娃的见面礼啊。"

我因工作忙没参加婚礼，给她发了新婚红包。

后来得知，米香婚礼和儿子的满月酒是一起举行的，婆家认为这样省钱。

返乡工作的同学告知了我米香的故事：米香结婚不是因为爱情，是因为她不想工作了，想嫁给"土豪"。

米香上了两年高中就辍学去工厂做流水线，三年过去，眼看别人当上拉长，或自学当上办公室文员，米香却因请假外出溜冰、喝酒，被扣过不少钱，索性辞职回家。

在福利彩票站工作两年，米香数次相亲。男方想去大城市打拼，米香说："可以跟你去，但我只负责生娃看家，不工作的。"

相亲都不了了之。

最后这次是因男方父母在镇上开了两家超市，不用外出。婆家嫌米香家境不匹配，人不勤快，不赞同儿子和米香恋爱。

米香和男方索性租房同居，怀孕后搬进男方家。直到诞下儿子，才摆酒，也才有上面的婚礼邀请。

2

在男方家，米香因无经济来源，没话语权。

婚宴前，婆家发话，酒席主要请婆家人，娘家那边只请米香家里人，朋友、同学、亲戚包的红包要抵得过"饭钱"才能请。

米香老公是在母亲的超市工作，都是靠母亲给薪水，平时说话也不敢帮腔。

我和朋友很气愤，一起吐槽米香的婆家，告诉米香，这是自由经济时代，可以不仰仗他们家人吃饭，可以不看她婆家脸色。

米香说："我也不想，可我没钱呀，家人都要靠她的超市吃饭呢。"

我和朋友无言以对。

上个月，米香不顾丈夫反对，不顾婆婆反对，去深圳某食堂找了份分饭的工作。坚决起来，有点不像米香。

她告诉我们，感觉自己逃离了那个家。虽然很累，但可以有自己的钱，有一点自由。总算在婚后体会到钱的好处，不用花两块钱都唯唯诺诺。只是，她很想很想儿子。

该庆幸吧，至少米香开始挣脱没有金钱的束缚。可以选择工作挣钱，可以每月回家一次，还有自由的那点空间。

米香在群里说：你们一定要奋斗呀，不要像我。生活处处需要钱，折腾来折腾去都需要钱，自由也要钱。

不知米香以何种心情说出以上那番话，但是我很赞同。

自由和理想都很贵，你想追求它，就需要消耗精力；你想保护它，就要有钱保证自己的自由和尊严。

3

台湾作家李敖在《为什么有钱很重要？》一文里写过宋朝司马光经常问别人"你家里有没有钱"之类的问题。

他认为：有没有钱，能不能维持生活，能不能不为五斗米折腰，有这个本领有这个钱以后，他才认为你有独立的人格。我随时可以丢掉乌纱帽，为了我的原则可以不做官，为什么呢？因为不会饿死，有钱可以保护我的自由。

所以，前一段流行的"裸辞""世界那么大，我想去看看""说走就走的旅行"虽然被炒得很热，但大部分人都没行动。

人们嚷嚷都市生存压力大，想要逃离和自由，于是衍生"裸辞""旅行""看世界"，可是想把愿望变成现实，荷包一定要厚。因为"裸辞""旅行""看世界"都需要钱。

裸辞的朋友辞职当天兴高采烈，第二天却为接下来的生计焦虑不安；去旅行的人穷游回来，发现没解决的问题愈发严重；嚷嚷看世界的人因为荷包太扁，并没走多远……

一开始热泪盈眶地逃离，满腔热血地出发，在路上碰到饥饿和生存难题后，只得止步和屈服。

绝大多数自由的选择，都需要经济基础。

4

怎样才算有钱？到什么程度才能保护好自由呢？

自由是相对的，自由是个选择题。

比如，我想喝奶茶，口袋里有 15 块，有 15 块的珍珠奶茶或燕麦奶茶，还有 12 块的绿茶。我喜欢珍珠奶茶，那么 15 块就能保护我选一杯奶茶的自由。

比如，甲是广州居民，月薪 6000 元，不用考虑租房、吃饭，挣多少花多少，每年出国游两次，卡里有 3000 元就能活。领了两个月工资，甲发现工作不适合，裸辞在家休息 3 个月。两个月 12000 元的工资就是甲"有钱任性"的资本。

比如乙，她有稳定收入和存款 25 万元。一、她可以选择问家人朋友借钱，凑够首付，在广州郊区入手一套房；二、也可以不求助任何人，在家乡自己给首付购房；三、她也可以用这笔钱考雅思，辞职，留学……当房奴或向外走都可选。

比如丙，自己有一套房，开了两家店，家人介绍家境等同的人让她结婚，丙有大学的初恋在基层做公务员，他们保持往来。丙可以选择相亲男，也可以选择和初恋一起，丙可以谁都不选，继续开店……

这就是自由，与人的欲望有关，建立在经济基础之上。而任何选择，都包含一定程度的自由。

越重大的选择，越大的自由，往往需要越多的金钱的支撑。

美国的富兰克林讲过一句话，他说："两个口袋空的人腰挺不直。为什么呢？因为你会求人。"

经济基础决定上层建筑，"饱暖方可思淫欲"，你选择的魄力与你口袋的财富有关。自由必然建立在生活物质基础上。

5

自由需要用"钱"来保护，这个钱不只是现金，还有"赚钱的能力"。

朋友 L 先生辞职回大理开工作室，主要在网上接单做文案、宣传广告之类。他在忍受公司无节制加班一年后，裸辞，揣几个钢镚儿回家。

回大理后，一人一电脑在房间办公，凭借之前积累下的客户和招聘的兼职，L 一个月接了不少单，利润比原来工资高几倍。

他不喜欢广州的快节奏，他喜欢大理的气候和人文。他每月不用交房租水电费，他陪在父母身旁，他认真对待每一张订单，他积极开拓业务。

他实现了他的自由：不加班，不将就过日子，有亲人、好风景、女朋友在身边，很幸福。

我问他："这么回家不惶恐吗？"他说："就算一开始没钱，也不用欠房租水电费，况且，对于文案这块，我还是有资源和信心的。"

L 先生有家这个后盾，他自身有"赚钱能力"，才有选择回家创业的自由，也因创业积累的财富，得到更多自由。

越有钱，越有能力，越自由，越幸福。

如何判断一个人是否自由呢？

就是他说"不"的能力！

不苟同，不停留，不将就；不工作，不加班，不附和；不随流，不欺瞒，不答应……

你尊重内心意愿，拒绝外界干扰的次数越多，你自由的程度就越高。

李敖说："要有点钱来保护自己的独来独往，保护你随时可以跟老板说再见，随时不为五斗米折腰，你要有一点点钱，把这钱藏起来，保护你的自由。"

不管你处在什么位置，多大年纪，有怎样的金钱观，欲望多简单，你渴望的那点自由，都需要钱来保护。

所以，努力赚钱吧！

Chapter 4

拒绝舒适区，自律才能不平庸

自律：你的日积月累终会让人望尘莫及

1

第一次被带到星巴克工作是两年前。那时，公司几个部门去上海布展和采写。住的酒店房间很闷，网络很差，稿件的采写、编辑、推送都无法有效完成。各部门分住不同楼层，开会也不方便。

下午 4 点钟，日计划一半都没完成。同事们都说客观环境所致，申请推迟更新网站。

上司 L 一拍板："必须今天完成。小 C，你查查最近的咖啡馆，咱去那儿工作。"

一行 5 人，带着 5 台笔记本电脑，去了星巴克。

不知是环境改变的刺激，还是咖啡的提神，抑或自掏腰包的压力，到晚上 7 点钟，我们就完成并推送当天 8 篇稿件——同行媒体中更新最快、内容最丰富的网站。之后几天，我们都在咖啡馆工作。

不得不对上司 L 多一份敬佩。

L 是个很守时、很有规律的人，每天 8 点半前到公司。我们才到公司，他已经完成部门日工作计划，并准备好会议内容。

下午 4 点多钟，他基本完成所有工作，会询问我们的工作进度，查漏补缺，处理问题。

在上海那个星期，即使客观环境变差，也不影响他达成目标。他依旧早早起床工作，做好计划和应变。

最后一天，部门没有工作任务。吃早餐遇到 L，L 先生依旧捧着笔记本电脑在工作，旁边是用餐后的碗碟。

"没工作怎么不休息一下？"

L 说："习惯早起写计划了。"

"幸好这几天您带我们去咖啡馆，不然工作恐怕很难完成。"

L 笑了，说我的心态需要纠正。"没有咖啡馆，也要想办法完成任务呀，不能只感慨客观环境的改变，还要养成做计划和应对的习惯。不怕，你慢慢来吧。"

原来早起写计划是习惯，原来想办法达成目标、处理任务是习惯。

这个习惯，L 先生一如既往坚持了 5 年。这种良性习惯的坚持，叫自律。

难怪，他的计划和执行里没有意外，只有变换形式的应对。

L 的习惯经过 5 年的日积月累，终于让我们望尘莫及——不仅是高出我们数倍的工资，还有高于我们的能力。

2

小说家严歌苓在接受某报刊采访时，被问到作品高产的原因。

她坦言：每天坚持写作两个小时。

哪怕是去旅行，她也会写作。因为旅行带着电脑，常常需要找能坐下的地方写字。朋友们在讨论下一个景点去哪里时，她关心下一个地方远不远？能否及时到达？会不会影响今天写作？

坐车时，别人都在看风景，她在写字。这影响了同行朋友的心情。

朋友问她："不写会死吗？"

她苦笑说："不写会死。"

严歌苓觉得写作是发自内心的一种欲望，不写的话，就好比一天里缺了一顿饭或一个觉。

此后，约她去旅行的朋友少了，而敢约她去旅行的，必然习惯旅途中也带着写作欲望的她。

除了从不间断地每天写作两个小时，她还保持着长跑的习惯。

尽管年过五十，她依旧身材窈窕，面庞清秀，保有旺盛的创作力。

这种近乎自我苛求的自律，让她几乎三四个月就能出一本小说，这种产量让她自己都惊讶。害怕因为太快完成，被人质疑内容质量，她不得不把完成的小说"压一压"，几个月后再给出版社。

她的作品产量和质量成正比，大量作品被名导演相中，改编成影视作品，搬上银幕。甚至，很多作品还没完成，就有著名影视人买下版权。

从 1979 年发表处女作小说《七个战士和一个零》以来，她迄今共创作了 22 部长篇小说，24 部中短篇小说（其中的英语版本大多是她个人再创作，而不是翻译），还有其他无数剧本和散文……

她获得的荣誉数不胜数：美国哥伦比亚艺术学院最佳实验小说奖、香港亚洲周刊小说奖、台湾洪醒夫文学奖、亚太国际电影节最佳编剧奖……

这些金字塔顶端的光芒，累积于一个作家每天两个小时写作的坚持，源于"不写会死"的强大自律。

3

热爱长跑的还有另一个作家——村上春树。

他的自律和他畅销的作品一样出名。

每天跑 10 公里是他的习惯——不光在东京跑步，村上春树到世界上的任何地方都坚持跑步，就好像吃饭睡觉一样稀松平常，但又不可缺失。

这种良好习惯的养成源于他对生活现状的不满——无高挑身材，无健壮体魄，无出色外表，还有贫穷需要摆脱。

他认为，只有通过跑步才能感到世界变化，跑步的勇气不是别人给予的，而是某天沿着马路就跑起来，然后就坚持下来。

当他选择做一名小说家，也不是别人劝说的，而是出于喜欢才做出这样的决定。

成名后，他说："认真想一想，如果要是一切都太过完美的话，那人生恐怕没有现在的安逸与舒适了。"

他在《当我谈跑步时我谈些什么》中说过："不管全世界所有人怎么说，我都认为自己的感受才是正确的。无论别人怎么看，我都绝不打乱自己的节奏。"

这是对自律最好的诠释，也是他作品一直畅销的原因——他作品里的主人公总是执着地在寻找一些东西，告别一些什么，丢失一些什么，但那些执着的少年从不在意外界的眼光，从不停止探索的步伐。

这种执着的魅力，不仅给他带来良好的经济收入，让他从"贫穷的三角芝士"里走出来，也为他带来世界范围的读者。

4

去Q市跑马拉松时，遇到一个女孩。

饭桌上，她给我看了半年前她的照片，一身黑色运动服，戴着眼镜，120斤的身体使得她的笑容敦厚，分辨不出是20岁的纯真还是30岁的宽和。

女孩穿白蕾丝上衣，黑牛仔裤，整个人挺拔美丽，很难把她和照片里的人联系起来。

她说，一开始跑步累到想死，好在坚持下来。半个月后，就习惯了。每天下班去跑10公里，半年瘦了20斤，她也因跑步喜爱上马拉松。

一开始难吗？

难！

但当这种习惯成为肌肉记忆——一下班就忍不住去跑步，一旦不跑就不习惯，就没那么难了。

当一切变得如每天要吃饭、起床要喝一杯水那么容易，一切就会变得简单。

这种自律有什么好处呢？

女孩说，以前下班纠结老半天，不知是去逛街还是看书，也不知去哪里吃饭。现在下班就有了跑步的习惯，填补了那段空白时间，也减少她的纠结和决策疲劳。更惊喜的是，半年里她跑了两次半程马拉松，认识很多志同道合的朋友，改变了她的精神状态，以往她觉得生活就这样了，现在她认为自己值得更好，也有能力去追求。

这种积极的自我暗示，减少她工作的疲劳，对生活也多了份热情和目标感。

道别前，女孩跟我分享她今年的目标：4个月练出马甲线，拍一套写真做生日礼物。

嗯，是的，女孩目标感越来越具体，执行力也越来越好。

"每天下班后跑步"的自律让她比原来多了一种选择。这个选择，把她从纠结去哪间餐馆、去哪里逛街的琐碎生活里拉出来，也拉开与还在纠结的人的差距。

所以还在默默坚持的你，还在努力达成的你，千万别放弃。成功的路上并不拥挤，你只管努力，剩下的交给时间——它会淘汰那些停下来的人，这是最公平的。

总有一天，你的日积月累，会变成他人的望尘莫及。

安全感：用努力与生活进行等价交换

1

毕业那年，姑娘小萌在一家创业公司做策划，钱少、活多、离家远，加班、熬夜、常失眠。

同学不是去了银行，就是进入教育行业；不是进入有编制的单位，就是去了福利好的民营企业。

有人劝她，创业公司很容易倒闭，还可能拖欠工资，即使以上两种情况没发生，按加班程度猝死也正常，太没安全感了，辞了吧，去薪酬高一些的行业工作。

小萌不肯。

3200元工资，买五险，加班补晚餐费，小萌认为值得。

不同于其他同学，小萌虽然读的是广告策划，但她性格内向，不善言辞，面试了好几家公司才得到这家小公司的岗位，策划部门只有她一人。

家里还有弟弟妹妹在读书，有份工作，意味着能帮家里解决弟弟妹妹生活费的问题。如抓住救命稻草一样，她在这个岗位上尽心尽力。

没有人带，她就请教同专业的师兄师姐；客户不满意，她就改，工作时间改不完，她就带回出租屋改；她加入各种交流群，把专业书翻来覆去地看；去外国网站学习类似的广告文案……

一年多过去，班里同学频频抱怨和跳槽之际，她的工资升到 5000 多元，成为部门经理，手下带了两个人，还获得公司的期权。

一些人开始羡慕她，说她眼光好，看中一家好公司一起成长。

小萌说这是运气。

其他同学工作是为了钱，更多的钱，她当然也为了钱，不过知道自己的本事，文案策划自己喜欢，苦点累点也是暂时的，还有些盼头。

如果当时辞职转行，不知道那条看似能赚很多钱的路在哪天被自己堵死。万一辞职没有工作，她下个月就没钱吃饭，连带弟妹一起挨饿。

那份工作给她最大的安全感是在都市里的生存权，而她也坚信每一分努力，都会在下个月的业绩考核里体现出来。

有份工作养活自己，越努力生活就会越好，这是小萌的安全感，庆幸的是她用很短时间就看到效果。

2

舍友阿 C，一年多的遭遇用命途多舛形容也不为过。

本来在一线城市做着 3000 元月薪的文案策划，试用期一过，家里出现变故，不得不辞职回家照顾生病的母亲和年幼的弟弟。家庭经济拮据，她就在当地某一媒介找了个摄像工作。

中午用 40 分钟骑摩托车回家煮饭给家人吃，再骑车回市区上班。

她说，她最害怕领导开会，那意味着不能及时回家煮饭，家人将挨饿。

晚上常常加班，阿 C 骑车从市区返回村里，经过一片荒地，尽管长得安全，但她很担心黑夜里歹徒不知道自己的真面目，动了邪念。

那日子过得真叫提心吊胆。

尽管如此，她每天还是笑嘻嘻地给我们讲段子。

一次，她带母亲来复诊。把母亲在医院安顿好后，我们一起吃了个饭。

阿 C 说，她下个月要辞职了。该死的老板明知道她过了试用期，还给她 2500 元的试用薪水。她笑着说自己发现了一个秘密："毕业大半年，我总在试用期，无限轮回的感觉，而且薪水从来不超过 3000 元……你们等我，我一定会回来的。"

看她满是酒气的脸，我笑着笑着，忽然就觉得很难过。

一个朋友问她："如果你家庭一直这样怎么办？你要一直这样吗？"

阿 C 回答："走一步是一步，我不相信还能坏到哪里去。等着呀，会好起来的。"

当时好怕阿 C 好起来的日子遥遥无期，但又无比愧疚，自己总喊着工作辛苦，任务忽然下来，没有个人时间，工资不高，福利不好，没有安全感。比起阿 C 这动荡不安的生活，这算个屁。

庆幸的是，如今阿C在家乡一家报社稳定下来了。每天要完成采访写稿的任务，但工作时间自由，薪水尚可，这很对她的胃口。

她笑着说："看到那么多媒体人猝死的消息，怕命不久矣。"

我说："不怕，一看就知道你命硬。"

阿C身上就是有一种"困难扑面而来，困难迎刃而解"的霸气。

我笃信她身上那股乐观、努力、坚韧的力量。

所幸生活还没有亏待她，母亲的病好转了，自己也不用动不动请假带母亲看病，弟弟上学后，她不用再害怕不回去煮饭饿到他。她在工作上因为专业对口，学有所长，也有些成绩，一切都朝着好的方面发展。

她的生活可算跟我们这些吃饭睡觉谈恋爱，上班加班谈理想的小青年无异。

用她的话说：还来得及去浪。

很喜欢《岁月神偷》里吴君如说的那句：做人总要信。

阿C把这句话实践了一遍，往自己想要的方向走了。

然后，我也告诉自己，做人总要信，总要信那么努力的自己会改善一些什么，总要信，生活会往好的方向发展。

3

人们惧怕不稳定，所以人们惧怕不安全，所以人们总有着固执的习惯。

几米说："习惯让人有种莫名的安全感，因为，循着喜欢的轨迹，你会看到相同的风景，走相同的路，到达同样的地点，做同样的工作。"

可你不知道这种安全感会让你错失什么。

过年聚会时，在县城银行工作的小兰说，她辞职了。

我们很惊讶，不是当初无数次筛选考核才击败百余位对手进入银行岗位的吗？不是说待遇福利一级好吗？怎么会那么轻易就辞职？

小兰很无奈地笑了："你们不知道，我工作福利并没那么好。工作是早上9点钟到晚上7点钟，写着是5点钟下班，但下班后还要清点。每个月几十万的存款业务考核从没达标……"

"那你会因为这个被炒吗？"大家问。

"不会。"

"关键是我的工作太无聊了，银行里大多是年纪四五十岁的大叔大婶，老龄化很严重，没人跟我玩。你们都在大城市里打拼，我每天就过着两点一线的生活。我每天上班就像被禁锢了一样，不能走出门口，一点也不自由。有天上班时，天气很冷，我很清闲。透过玻璃窗，我看到外面阳光很好，我想去晒晒太阳，可是我不能。哪怕闲得发慌，也不能走出去，只能蜷缩在那个阴暗的角落眼巴巴看着外面的阳光，觉得好难过。"

"那你下一步打算怎么办？"大家问。

"我想去广州，去做媒体工作，投入到市场经济的大浪潮中。我不怕吃苦，就怕不自由。"

后来还得知，因为与男友异地，在聚会前两个月，小兰已与男友分手。

我突然明白，以自由之名辞职的小兰，怕的或许不是不自由，而是比起同龄人，她发现自己走得慢了。这才是她最大的不安全感。或许也正是那股不安全感，以及未知的可能性，让她想在能折腾时多折腾一会儿吧。

阿 C 说过一句：一寸安逸一寸肉。

获得安全感跟减肥一样，压根没有捷径可言。唯有马不停蹄地往前奔去，才有机会摆脱生活不时倾泻下来的泥石流，才有可能在动荡不安的巨变洪流中站稳脚跟，才能在生活向你讨价还价时，有资本来个等价交换。

唯有不停努力，才有笑对生活的安全感。

如果此刻生活动荡不安，你感到辛苦，却内心充盈，恭喜你，你正在用努力获得与生活等价交换的资本。

坚持早起，你的梦想终会成真

1

你有梦想，希望自己的英语可以更好，职业生涯能更上一层楼。

你有梦想，为了自己爱的人，能去健身，变得越来越好。

你有梦想，能有更多时间陪妈妈，那样她会很开心。

那么怎样才能梦想成真呢？

我们真的很想实现梦想，也有计划，但很难落实到行动！

为这个梦想，我们做好了所有准备，买好了运动服和鞋子，我们对母亲说："我每天给您做早餐。"

但我们却说没有足够时间。

如果我们每天比平常早起 30 分钟，每个月，我们将会比平时多出 900 分钟时间，那么一年就会比平常多出 10950 分钟。

那么，把这些时间用来做事，用来追寻梦想，梦想就会成真。

以上，是某著名汽车在泰国的广告。

虽是广告，但每个画面都在描述年轻人的现状：想做很多事，想做很多改变，做好了物质上的准备，可身体太懒，起不了床，离不开舒适圈，迈不开步伐。

想达成一件事，真的没那么难——只要每天早起半小时。

早起 30 分钟看书，早起 30 分钟锻炼，早起 30 分钟做一份早餐，日积月累，一定有所成效。

走出舒适圈，你将拥有更多。

2

有人赖床的理由很简单：睡不够，没精神。

但大部分研究表明：人类睡眠时长平均理想值为 7 到 8 个小时，过少睡眠会引起身体不适，感觉无力、认知能力下降、脑部功能衰退；过多睡眠则会影响身体机制，增加患糖尿病和肥胖症的风险。

大多数人担心的"没精神"问题，只有在睡眠少于 7 小时才会发生。

朝九晚六的工作者要达到每天睡 7 小时很简单：夜晚 12 点钟睡，次日 7 点钟起床，足够了。

那么，如果晚上 11 点半睡，次日 6 点半起床就会比平时多出半个小时。

如果晚上 11 点钟睡，次日 6 点起床就会比平时多出 1 个小时。

早起半小时或 1 小时可以做什么呢？

可以锻炼、看书、记单词、复习，做很多你想做却一直没有做的事情。

做志愿者时认识一跑步大神——萌妹，研究生。

萌妹一米七，腿长一米一，初见面时我感到不公，同样跑步，为啥人家的腿又长又细？

她的常态是：早晨5：30或6点起床，日跑5～10公里，心情好了就沿校道或江边跑个半程马拉松。她的步数在朋友圈里基本排前三，每天15000步以上是常态。

这运动量加上清淡饮食，身材能不好吗？

萌妹就这样每天比别人早起1小时跑步，在研一暑假期间跑了国内许多城市的马拉松，因为跑步记录多，颜值高，往往成为"官兔"——主办方包吃住，免报名费，她以稳定的配速带领马拉松参与者跑步。

萌妹很享受这种状态，学习时锻炼，放假时凭借一个爱好在各个喜欢的城市奔跑，寻找美食，同时省下一大笔钱。

3

作家博恩·崔西在《吃掉那只青蛙》一书中提出理论：如果你每天早上的第一件工作，就是吃掉一只活青蛙，那么接下来就没有什么事可以难倒你。

吃掉活青蛙就是强调时间管理——早上起床先把重要而困难的事完成。

现代社会，人人都很忙，人人都投身于一份工作，人人都想实现理想，但人人都把理想或"最想做的事"放在工作以后。

然而一天的工作过后，就会想放纵，想轻松，想娱乐。

前一阵，有"下班后4小时，拉开你和别人的距离""下班后4小时，改变你的人生"等诸如此类的理论。

人们有一个理想假设：只有下班后是自己的时间，才能做自己真正想做的事——才能改变人生——这些事情集中做，效果才会更好。

但这样的操作很难，很多人会因为下班后的聚会、加班，或突如其来的项目毁掉计划好的"下班4小时"。

因为偶尔一次意外的"没做到"，索性就放弃了，该吃吃，该喝喝，该聚会聚会，该泡吧泡吧。

"下班后4小时，改变你的人生"很容易流产。因为下班后，人太多，事太多，干扰因素太多。

如果在工作来临以前，在意志还未被工作消磨以前，在别人醒来以前，你早起半小时，专注地用这半小时做你想做的事，会不会更容易达成？

会！

早起的半小时，没什么干扰，你的意志还坚定，你很专注，你投身想做而重要的事——会更有成就感。

天亮以前吃掉活青蛙，你接下来的一天就容易去面对了。

4

那些有早起习惯的人，他们的生活井井有条，更容易达成目标或实现梦想。

同学栗子如今在某著名大学读研究生。栗子当时考研的理由很简单：为了去男朋友所工作的城市，在一起。

栗子大三认识男友林俊，男友鼓励她大四考研去他单位所在的城市，那里四季明媚，人文气息浓厚，适宜恋爱和居住。

笔试差两分，栗子考研失败，她有些灰心。在男朋友和亲人的支持下，栗子决定再考一次。

二次考研，栗子近乎拼命。为了能专注学习，栗子在学校附近租了一个单间，和几个共同考研的师妹建了一个群。

每天6点钟起床签到打卡，然后开始列"每日任务"，再一项项去执行。

列好任务，就去学校图书馆占座看书、复习。中午和师弟师妹一样去挤食堂。

下午还是去图书馆复习，偶尔会去喜欢的老师的课堂上旁听，傍晚去操场跑2000米锻炼，让身体机能能负荷复习的压力。

周末栗子就去兼职，赚取一些生活费，让生活丰富一些。

栗子的生活按这个轨迹，持续近9个月。所有的教材和资料都是红红蓝蓝的标注，笔记写了满满的8本。

笔试出来，栗子的成绩在报考学校的专业里，排名第一。

凭借扎实的理论知识和周末兼职的实操经验，栗子的面试成绩很乐观。

一年的早起复习，栗子终于如愿考上那所大学，和男朋友在一起啦。

5

栗子说："我可能是百万考研党里普通的一个，但最终实现了梦想——考上Y大，和男朋友真正地携手并行。"

也会累到想放弃，但转念一想：连早睡早起我都做到了，还有什么做不到？

是的，早起——掌握的是主动选择的权利。

写作两年，我大部分的写作时间是在早上。试过下班后写作，但身体和情绪处于疲惫状态，又常有其他人、事的干扰，思路断断续续，容易暴躁。

后来尝试早上 6:20 起床，腾出至少半小时写作（通常更多），每天都写，不管记下的是心情、随笔，还是热门选题。

早起的时光完全属于自己，无人打扰，不管在日常上班，还是旅游、出差，都基本能坚持不间断。

这几天整理，发现竟然发表近百篇文章，没发表的心情随笔有数百篇。

早起 30 分钟，真的可以改变人生。

我曾经在工作里迷茫，生活里享乐、抱怨、后悔不断更迭。

坚持早起写作，它一可以表达自我，倒逼我输入，增强自信；二是能赚取少许稿费，刺激写作；三是拓展我的圈子，能了解更多写作能人，不断激励自己。

我更自信，也更乐观，养成了学习和写作的习惯。或许它们不能折现，但影响了我的心态。乐观对待生活，为梦想多一些坚持和忍耐。

很享受这种状态，能花时间去做自己喜爱的东西，看着它一点点积累，变好。感觉，在实现梦想的路上。

一起来早起半小时吧，这样一年，就会有至少 10950 分钟去专注做自己喜欢的事。

如果你只是任青蛙待在那儿，只盯着它，事情会永远摆在那里，不会消失。

日复一日，你在天亮以前的坚持，终会给你意想不到的收获。

摆脱平庸关键不是选择，而是积累

1

我刚毕业工作时，很穷。宿舍几个人中除了开工作室的姑娘，其余月薪都只有3000多元。

一到月底，就是白粥加咸菜。

M小姐的好朋友Niko带着一篮昂贵的水果和酸奶来看望我们。

Niko跟我们同龄，职业是服装设计师，高挑貌美，工作经验5年。

吃着Niko做的酸奶水果，看着她过万的工资条，M不禁感慨："早知道当初就跟你去学服装设计了，工资这么高。"

Niko说："那个工资条是前两年的，为了纪念才保存下来……"

大家纷纷哀叹职业选择错误，说要转行。

Niko说："别傻了，能上大学读喜欢的专业，是幸运。而且我在服装设计行业学习了4年，工作了5年，工资还很低的话，就是我不行了。"

重要的是任何行业，任何工作，都离不开积累。

刚开始工作时，Niko作为一个职场菜鸟，熬夜赶工是常事，为了采购原料和学习，她跑遍了广州大大小小的服装市场。

即便放假，她也往服装市场跑。一是比对服装材料的质地和价格；二是看看什么样的衣服最畅销；三是跟批发店漂亮的销售聊一会儿天，往往会有意想不到的信息。

这些辛苦而又兴奋的事她坚持了三年。

厚积薄发，跳槽去另一家外资公司时，Niko 因为对市场熟悉，又会采购和设计，她的职位和薪水一起往上升。

选择本身是一瞬间的事。重要的是选择以后，做了什么，做了多少。

Niko 临走时，借走了几本书。而我们吃完了水果，各自去加班或学习。这以后，很少抱怨自己的选择和工作，而是多考虑怎么解决问题。

每一个行业，都有优秀的人。那些能把事做得好的人，总是在选择后不断尝试和积累，来不及纠结那个选择是否正确。

事情成败都在积累。不能以选择错误为由，停止前进呀！

2

最近我正面临选择，差不多的薪资待遇，是留在现任公司还是离开？

嗯，旧工作已经上手，偶有烦琐和郁闷，但心态可以调整。

新工作薪酬和假期都比现在好，但不知工作上手需要多久，担心工作环境和人事关系的适应。

纠结无果，询问回乡开工作室的朋友。

朋友阿九去年辞去工作，回到二线城市开了线上宣传和广告制作的工作室，后来发展为实体工作室。

阿九算个"奇葩"，入职前两年做化工。第三年就跑回去做宣传和广告，而且很成功。

朋友们都佩服他迅速转行，也纷纷嚷着要转行。

阿九跟我说："你想做一个选择就高枕无忧呀？太难了。"

是的，阿九的成功转行并不容易。虽然大学四年他都学化工，但也在文学社待了4年。还没毕业，阿九就自己开公众号写东西。工作以后，他也坚持每天下班后写文章。到回乡那年，公众号已经写了3年。他的转型很像励志作家李尚龙，都是利用下班时间做好写作积累，再耕耘新事业。

严歌苓说过："有天赋是幸运的，但是足够的意志来实现天赋，恐怕是更大的幸运。"

嗯，是的。

每一个看似容易的华丽转身，背后都是无数个日夜的付出。

每一次你看似简单的跑道变更，此前都是无数次不断练习的力量积累。

然后，我做出了选择。

也时时刻刻提醒自己，摆脱平庸关键不是选择，而是积累。

3

小舅是 1986 年"下海"的。

"下海"以前，他是一个公务员，年轻英俊，月薪 40 元，比当时平均 25 元的水平高了不少。

外婆生了 6 个孩子，家里就小舅读完了大学，并当上公务员，算是光耀门楣的事。所以当他辞职"下海"时，大家纷纷阻止。那一辈人对未来常常感到恐惧和不确定，他们更想稳定下来。

但年轻者叛逆。

小舅还是"下海"了。他在市区开了一家餐饮店，并认识了小舅娘，迅速组成家庭。有了两个儿子，小日子富裕稳定。

就在大家一片看好，向小舅请教"下海"经验时，因为迅速扩张和经营不善，餐馆倒闭了。

屋漏偏逢连阴雨。

小舅家庭关系告急。餐馆倒闭次年，小舅和小舅娘离了婚，各自带一个孩子生活。

我偶尔随长辈去市区看望小舅，他的餐馆变成了收破烂的地方，他的小车变成了装破烂的面包车和三轮车。

亲戚们纷纷感慨，如果当时小舅没选择"下海"，说不定已经是什么局长、市长了，人生成败都在一瞬间呀。

人们擅长以短期成败论英雄。往往忘了，时间这条河很长。跌到谷底以后，只有跌倒的人才看到往上的路，不到尾声，谁也不知谁能笑到最后。

跌宕以后还有起伏。

4

2007 年，小舅关了市区的废品收购站和乡下的小卖部，又开起餐馆。

看到当地旅游业的发展前景后，小舅盘下家里离市区不远的几块地，修建房子，餐饮旅店一起做。

恰逢赶上征地的红利期，他带动家里几个兄弟姐妹一起做旅店。

然后呢？然后在小舅的餐馆里吃饭时，他笑着跟我讲了1986 年"下海"的事。后面的事是母亲告诉我的。

我问小舅："后悔离开体制内吗？"

小舅说："哪有什么后不后悔？不过一个选择。我想'下海'赚钱，就努力做生意，好好积累财富呀。不论是开餐馆，还是收破烂，不论是小卖部，还是旅店，就当积累经营经验。只要合法，就可以啦。"

很多人庸庸碌碌地生活，不知道要去追求什么，把每次的选择看得比命重，不敢尝试，不去改变。

哪有成功是一次选择就能抵达的？

哪怕你进了很好的单位，获得一份福利很好的工作，你不去做好本职工作，没有在行业内的积累，迟早被人代替。

没有什么选择能成就你，也没有什么选择能打垮你。

选择一份工作，需要持续的执行力；选择一份感情，需要双方耐心地经营；选择一条道路，踏实走过才能看见美景。

小舅说："如果在餐馆倒闭时，我抱着早知如此，当初就不选择'下海'的想法，估计已经饿死。"

哪怕留在体制内，小舅也有下岗的风险。不能责怪短短几秒的选择，而要努力在想做的行业里有所积累和沉淀。

击垮你的是积累不够，成就你的是迅速行动和足够的积累。

从来没什么选择能一劳永逸。

摆脱平庸的关键不是选择，而是积累。

对的事，天天做，活出更好的姿态

1

健身房前台的女孩有马甲线，她叫 Sally。

健身房悬挂着她身材的图片，如今纤细结实的身材和一年前耷拉脑袋、大腹便便的样子形成鲜明对比。

Sally 的另一身份是"爵士舞教练"。她是一众肚腩少女和长肉大妈的偶像。

如今有多少羡慕，她曾经就有多么努力。

一年半前，Sally 在一家企业做后勤，身高 158 厘米，体重 120 多斤，油炸食品爱好者，小胖墩一个。她和男友一起住，没存款压力，每天想得最多的就是吃。

直到失恋，交不起房租，Sally 才决心从减肥开始，改变生活。她辞去后勤工作，成为健身房的前台——这样能获得维持生计的薪水，同时把最多的时间投入到减肥中。

8 点钟上班，Sally 就提前 1 个小时，在跑步机上跑步。她跟健身教练讨教塑形事项，在中午休息或下班后，去器械区练体能。

半个月，她瘦了 5 斤。三个月，瘦出腰形。

不满足做健身房的前台，Sally 省吃俭用几个月，报名一个爵士舞班，5点钟下班后就去跳舞，生活规律、有序。

参加舞蹈课程后，她从未缺课；她戒掉油炸和高糖食品；她坚持晨跑，保有更好的体能；她想肢体动作更好，下课总会多复习两遍……

同在前台的妹子很惊讶，工作那么烦琐，还每天跑步、跳舞，不累吗？

Sally 说："有目标就不累，我想做爵士舞老师，能坚持一天就坚持一天。"

如今，她练出马甲线，成为一名初级爵士舞教练，带领很多女孩跳舞……

她说坚持跑步和跳舞不仅让她走出谷底，对抗疲惫的生活，也帮她实现职业选择的自由，她很喜欢目前的状态。

把它总结为：自律让人活成想要的样子。

什么是自律？——用坚持的行动创造井然的秩序，为学习和生活争取更大的自由。

Sally 争取到这种自由——每天坚持跑步，减肥成功；每天坚持跳舞，成为舞蹈教练。

因为自律，Sally 活出她想要的样子。

2

《朗读者》很火，在豆瓣上评分高达 9.3。

董卿是主持人，同时也是节目的制作人。节目里充满文学底蕴的开场白让人惊艳。

比如一期以"遇见"为主题的开场白，她说："'蒹葭苍苍，白露为霜。所谓伊人，在水一方。'这是撩动心弦的遇见；'这位妹妹，我曾经见过。'这是宝玉和黛玉之间，初次见面时欢喜的遇见……"

早前《中国诗词大会》，她信手拈来的诗词就见证她庞大的文学储备。哪怕和文学名家对话，董卿也能出口成章，优雅从容。

《朗读者》里，董卿再次打造的文化盛宴，聚集各行优秀人士，用他们的故事融入文学去朗读，去感染和鼓舞人。

《朗读者》的成功与董卿的文学知识储备分不开。而信手拈来的从容，源于她强大的自律性。

《环球人物》采访董卿的阅读习惯，她说："我几乎每天保持睡前一小时的阅读，雷打不动。"

为了保持这个习惯，她的房间没有手机、没有电脑等电子产品，只有书本，安静地看一个小时书，然后睡觉。

很难想象，如今排队等 1 分钟都要刷手机的焦虑时代，有人可以为了阅读，主动选择隔绝电子产品。

3

董卿阅读的习惯，起源于父亲对她养成自律、顽强品质的教育要求。

为培养文学素养，父亲每天要求她抄成语，背古诗，熟读国内外名著，早在中学时，董卿就把《基度山伯爵》《红楼梦》《茶花女》等变成腹中诗书。

大学时，董卿因为形体表演跟不上，想牺牲读书的时间去练形体。当时如果真这么选择，她或许会在众多主持人里因出色的外表早早成名。

可她放不下，左思右想，与其牺牲阅读的时间去练习台词、形体，不如使自己的书本知识更扎实。

那段自卑的青春，她依旧保持阅读。

"我始终相信我读过的所有书都不会白读，它总会在未来日子的某一个场合帮助我表现得更出色，读书是可以给人以力量的，它更能给人快乐。"

二十来年过去了，她主持过很多节目，不论多忙、多累，不论节目是否在外景拍摄，她都保持每天一小时的阅读时间。

前年3月，董卿酝酿开办文化情感类节目。

在碎片化阅读成主流，深度阅读日渐式微，阅读环境并不理想的今天，做一档阅读类的节目风险很大。

阅读氛围和文化价值缺失的情况下，董卿的《朗读者》出炉。

第一期节目出来就爆红，董卿成为文学知性的代表，人们从节目到主持人，开始探讨"阅读"和"文学"的价值。

不得不说，是阅读的习惯塑造了今日的董卿，是强大的自律和坚持给予她自我实现的力量。

数十年坚持阅读，让她实现了当初预言："读过的所有书都不会白读，它会在未来日子的某一个场合帮助我表现得更出色。"

对阅读的喜爱和坚持，每天一小时阅读的自律，不仅帮助董卿活成她想要的样子，也给了更多人阅读的动力。

4

我把这些故事跟身旁迷茫的朋友分享。

她们说："说得简单，我当然知道要克制，要坚持，可克制什么、坚持什么才能比较快成功呀？"

请听我说最后一个故事：

山村里有个胖姑娘常被人嘲笑是猪。

她哭着想改变，母亲告诉她："村后的山上有个枯井，传说只要将枯井放满水，玉皇大帝就会出现，实现你一个愿望。"

胖姑娘开始行动，每天去村里河边打水，走很远的山路到枯井倒水。

被人绊倒过，自己摔倒过，辛苦到满手老茧，缠满绷带。她没放弃，日复一日坚持，墙面密密麻麻画满她汲水的日子。

终于，枯井水满，女孩抬头望天："玉皇大帝，你在哪儿？"没人回答。

她失望地低下头，看到井里倒映的自己：她已经瘦下来。

这是泰国的一个减肥励志视频《只有你可以改变你自己》。

视频最后的字眼是：只有你自己可以改变你自己，对的事，天天做。

对的事，天天做，就是自律。

5

每天跑步，每天保持阅读，每天坚持写作，每天看 1 小时纪录片，每天拍一张风景照记录生活，每天做 20 分钟体能训练……

你永远不知道，这些日积月累的小事，将凝聚成何种强大的力量，去改变你的生活。

那个每天学英语的女孩，她大学毕业就进入知名英语培训公司工作，薪酬很高，年纪轻轻就获得经济自由，在城市立足。

那个每天跑步的男生，跑遍全国大大小小的马拉松比赛，成为各大国际马拉松赛事的"官兔"，陪伴各国跑者奔跑。

那个每天早起读书写字的同学，已经写了上千篇文章，开创了自媒体，出版了自己的书籍，把职业变成事业。

……

这就是自律的结果——生活如预期般的井然有序。

这就是自律的力量——每天的行动换来选择的自由。

如果现在你坚持着对的事，那么，不要着急，再坚持一会儿，总会抵达。

如果现在你坚持着喜欢的事，那么，恭喜你，你会愉快地走完这段路程，然后抵达。

对的事，天天做，它一定会让你活出想要的样子。

女孩子为什么要奋斗，因为不甘庸碌

1

早上起床，发现窗外下雨了。

洗漱完毕，伸展和拉伸筋骨。

打开手机，打算听首南拳妈妈的《下雨天》，好好文艺一下。

然而……

工作上的邮件和微信里的客户信息都得回复。

斟字酌句，担心格式不对，怕某个词是否会没有礼貌。

听着歌曲里满是伤感情怀的"寂寞"和爱的字眼，我只能告诉自己：二十来岁了，成熟了，是一个社会人了。

工作上能解决的不允许自己往后推，越推事越多。不允许自己有太多工作与生活分开的概念。立即回复完信息，边吃早餐，边投入到工作状态。

嗯，不能穿一条花裙子逃课了，不能撑一把伞，在下雨天蹦蹦跳跳，弄湿一双鞋子了，不能吃吃喝喝，无所事事地度过一天了。

能做的是把事情一件件解决，然后再去想上面的事。

学心理学的朋友曾对我忙碌而抱怨的状态说："投入吧！忙，就好好忙一场。没工作时，就甩开一切，尽情无所事事一天。"

2

对自己的要求，倒没有在情绪上要求自己太多。

不过，人们所谓的"寂寞"我都悄悄转化成独处的能力。

我妈曾说我是劳碌命。曾因那两个字太辛苦，心酸过一段时间。现在也不去纠结了。只有自己知道开心与否、值得与否。

如果努力和付出有回报，我又开心，那么我乐意。

舍友时常跟我感叹，生活好无聊。我是不能体会的，那么多事情要做，那么多想要得到的，那么多尝试在前方等你，怎么会无聊？

当然，现实生活中我是一个很怂的人，没敢说。怕的是我以自己的生活方式要求她。劝她去做自己喜欢的事。

看了《东京女子图鉴》，乡下女孩绫通过 20 年的奋斗，40岁时终于在东京买了房子。

那时的绫经过几段恋情，几次工作变动，数次得失。

她对着镜头说："一起加油吧！一步接着一步。因为想得到的东西还有很多。"

每个人想要的东西和别人不一样，然而每个人的时间是有限的。你投入在哪里，都会有所体现。我不赞同打着"急功近利"的旗号，去打压那些不同形式的奋斗和努力。

因为，尽管我们不能选择自己的出身和家境，但是我们可以选择一份工作，选择和谁做朋友，选择今后要走什么路，选择要投入多少。

见过拥有大把财富却也忙忙碌碌没时间吃饭的人，见过没啥财富也平平稳稳、悠闲度日的人。

不论哪一种生活方式，都希望是你自己选的，你是心甘情愿的。

怕的是一生碌碌无为，还安慰自己平凡难能可贵。

如果不甘庸碌，在你感叹无聊时，为什么不好好奋斗一把呢？

3

之前五四青年节，有一段话传得很广：

有人 22 岁就毕业了，

但等了 5 年才找到稳定的工作！

有人 25 岁就当上 CEO，

却在 50 岁去世。

也有人迟到 50 岁才当上 CEO，

然后活到 90 岁。

有人单身，

同时也有人已婚。

奥巴马 55 岁就退休，

特朗普 70 岁才开始当总统。

世上每个人本来就有自己的发展时区，

身边有些人看似走在你前面，

也有人看似走在你后面，

但其实每个人在自己的时区有自己的步程，

不用嫉妒或嘲笑他们，

他们都在自己的时区里，你也是！

生命就是等待正确的行动时机，

所以，放轻松，

你没有落后，

你没有领先，

在你自己的时区里，一切都会准时安排。

嗯，我相信每个人都有自己的时区，也相信每个人都有自己的生活方式。

你可以选择不同的生活方式，辛苦的，快乐的，痛苦的，轻松的，抑郁的，难受的，苦尽甘来的，一夜暴富的……都有可能。

但是茨威格说："所有命运赠送的礼物，都早已在暗中标好了价格。"

你要明白：时间有限，生命由时间组成，你怎么花时间，就是怎么过生活，过了就没了。

4

性格决定命运不是没有道理的。优柔寡断、刚烈偏执、温顺忍让、傲娇执着……

每一种性格都会造就千万种不同的生活状态。

在外贸公司工作，月入丰厚的朋友春子，她会一边考量买什么手信给美国的同事最划算，一边扔给我一个帆布袋，毫不介意跟我一人挎一个帆布袋去逛街……

她说，她的一个原则是：我是否能承受？

所以，她后来选择进入一家印度公司。她利用工作闲余时间和专业知识，做小小的外贸业务。她就是那种温柔又坚韧的人。

春子说，在家办公，闲余时间多，她就准备考研，买了一堆影视鉴赏的书籍，为这个兴趣做准备。

看到春子游刃有余的职场状态，我非常羡慕。春子回了两句："我比你大两岁，奋斗多两年。别羡慕了，好好去工作，追赶一下我，以后才有更多时间逛街……"

嗯，女孩子为什么要奋斗呢？

为了你能理直气壮地拿到命运标好价格的礼物，为了最落魄时，也不会突破你承受的底线。

为了工作与生活你都游刃有余的那一刻，为了有一天，你会变成自己喜欢的样子。

很多的懒，不过是你不懂时间规划

1

北漂一年后，姑娘在家乡的城市买了房，她今年 26 岁。

姑娘叫喵姬，是个写作者，坐标北京，我是通过公众号以及她在写作群的分享知晓了她的故事。

姑娘热爱写作，为此，她去年初辞职从南方来到北京从事自媒体工作。她有多重身份，一是写作者，二是编辑，三是自媒体人。

她的公众号叫"我属猫"，右边的子栏目写着"5 点钟起床"——那是她的时间规划。

5 点钟起床是去年底开始执行的，一开始并不容易，意志力薄弱时她想过放弃。坚持了个把月，偶尔还有多睡一会儿的冲动。好在不间断地坚持了下来。

姑娘平时工作挺忙，作为编辑，运营着粉丝过百万的公众号，不但要编辑排版推送，而且要经营签约作者群，还要找其他作者拿文章授权，以及处理商务合作事宜。

5 点钟起床，让姑娘比以往 9 点、10 点起床多出了四五个小时。

这让姑娘可以看喜欢的书和纪录片，其他人还没进入工作时间，她就去做自己的事情。进入工作时间后，状态更精神。

下午两三点钟，姑娘基本就能完成当天的工作。剩下的时间属于自己，可以看书、思考、写作，以及经营自己的公众号。

她严格执行时间规划，很少允许外界去打破。一段时间下来，公众号更新频率提高，文章愈发有底气，赞赏和评论都增多了。随后是偶尔爆文的产生和稿费增多。

5 点钟起床的时间规划，不仅为她的爱好腾出时间，对工作产生助力，也让她积累了财富——今年 2 月，她在家乡的城市买了房。

到这里，早起，并不只是单纯的 5 点钟起床了，而是一个人的时间规划和执行，是否愿为自己的爱好花上一点时间？是否愿在生存之外，为自己的生活花一点时间？是否愿意为实现自己的理想花一点时间？

2

你身边应该有不少这样的人，或许你就是这样的人。

我不想上班迟到，可不知为什么，哪怕比平时提早起床，还是会磨磨蹭蹭，做一堆琐事，还是会迟到几分钟。

我想考个注册会计师，买了书后，发现不是工作多就是饭局多，没时间着手准备；我想早睡早起，过规律健康的生活，可习惯了睡前看手机、打游戏，然后……早睡早起留到明天吧……

以前我理解它为拖延症，后来发现不能什么事没做就说懒，"懒"表示委屈。

"懒"在百科里的解释为不情愿做某事。以上你动过念头做却做不成的怎么解释呢？

做不成就是你想要的欲望不够强烈，没将它纳入时间规划。

同样是 26 岁，同事糖果就是个没时间规划的人。

因为工作关系，她的一天从下午开始。每天上班看到的糖果面容憔悴，一副疲态。

"昨晚很晚睡吗？"

"昨晚打游戏，凌晨 4 点才睡。"

"你身体受得了吗？现在还没吃饭吗？"

"习惯啦。省了早餐。哈哈。"

糖果也曾迷茫，为职业生涯焦虑。她说自己 26 岁还是个前台，怕青春耗完，连前台打杂都做不了时就失业了。

她喜欢尤克里里，我就鼓励她去学，多一门技能也多一个选择。她以不定时加班为由，迟迟不报名。

跟老板提加薪，每次都被婉拒。糖果一肚子委屈又化作熬夜打游戏的动力。

她让同事给她介绍个有钱对象算了，她想等自己嫁个有钱人，什么烦恼都解决了。

几次三番，不是她看不上人家，就是人家看不上她，同事们便不再介绍。

糖果终究辞职了。

3

朋友圈沉寂一段时间后，糖果发了学尤克里里的照片，上面是和新同事一起表演的笑脸，还有一张夜晚灯亮的照片。

糖果说："学了新技能后，我的人生又打满了鸡血。"

后来我们吃了一次饭，她不断地跟我分享一天的工作情况，说吃完饭后9点钟要上课，明早还要上班，月底有考试，需要备考，昨天买了春季出游的车票……

她仿若掌控时间的女王，跟以往被生活拖着走的憔悴样子，判若两人。

她说："穷怕了。面试好几家公司，都没成功，存下的工资还剩3000多元，干脆就报名学尤克里里。每天定时上课让我生活规律起来，学习的感觉也让我恢复自信。"

后来，糖果去了一家公司当文秘，每天处理老板的行程，报告时间安排。她索性也给自己做起了时间规划，把一天看书、上班、上课、打游戏的时间都规划好，然后延伸到一个月的安排，一个季度的安排……

她说："这份工作让我明白，那些整天打满鸡血做事的人，其实就是订下时间计划去做事的人，我也要做那种人。"

嗯，时间规划的本质其实是克制和坚持。

尽管糖果现在也没成为尤克里里老师，但她越活越开心，收获了更好的自己。

这就是生活的妙处。

做好时间规划，想要的一步步去执行，日积月累，就算没到达彼岸，也会收获很多。

而那些永远不把事情提上日程的人，将难以分清主次，想做的事永远放在要做的事后，而要做的事永远做不完。

就像提早起床了，你出门的动作永远在一堆动作后面：换双鞋，照镜子，上厕所，洗手……

可你还是会迟到。

你想要的全勤永远落空，你还是会陷入一点小事都做不到的自责里，你的生活依旧一团糟。

你想要的永远只是你想要的，什么都没做到。

4

做时间规划很重要，它为实现目标服务。

那么，该怎样做时间规划更利于实现目标呢？

美国心理学家麦格尼格尔认为：人的意志力早上是最强的，一天里逐渐递减。

他在《自控力》里，写过一个故事：

商业航运公司的客户经理苏珊早上 5：30 起床，之后第一件事就是花上 45 分钟边喝咖啡边回复邮件。然后确定一天的事，之后花 1 个小时去公司，10 个小时上班。到下午 6 点钟，筋疲力尽的她仍不得不加班，或和同事出去喝酒吃饭。她想创办自己的咨询公司，在资金和专业知识方面做准备，但工作让她疲惫不堪。苏珊发现自己百分之百的意志力都用在工作上。其实查收邮件完全可以放在 8 点钟到达办公室再做。

一天中唯一可能专注于自己事业的就是上班前，所以苏珊把上班前的一小时用于筹划自己的公司，而不是其他事。

麦格尼格尔的评价是：苏珊的决定是明智的。如果你觉得自己没有时间和精力去处理"我想要"做的事，那就把它安排在你意志力最强的时候。

想要达成一件事，不仅要纳入时间规划，还要把它安排在自己意志力强的时候，让它能迅速走上正轨，及早达成。

一日之计在于晨，把最想做的事放在早上吧。

罗振宇的罗辑思维公众号，也是每天早上 6 点半钟发语音呢！跟厉害的人学习一天的时间规划总没错。

你总需要有一个生活规则，帮你结束内心的挣扎。

磨刀不误砍柴工，道理是有用的，说没用的人，大抵因为没做。

著名作家本杰明·富兰克林也说过：今日能做的事，勿延至明日。

为自己的爱好腾出一点时间，为自己的目标定一个时间点，你会发现充满阳光和希望的生活并不遥远。

保持适度的饥饿感，变成更好的自己

1

在县城上高中的那三年，我在学校住宿。

学校伙食不是很好，老爸就趁假期带我去县城一位伯伯家串门，伯伯也很热情地叫我平时多回家（伯伯家）吃饭。

我通常周五会到伯伯家，待到周日才回校上晚自习。

伯伯有一个在读五年级的儿子，没有女儿，所以视我如己出，待我极好。每顿饭都有老火汤，有鱼，有我爱吃的鸡翅。

知道我大考小考不断，他总会趁早去市场买鱼头，煮鱼头汤，说是给我补脑。

伯伯总在饭桌上教育我：一定要吃饱，吃饱了才能专心学习，才能解决其他问题。

我一想，是啊，和饱暖思淫欲一个道理。吃饱了，才不会想着自己的肚子，才能解决精神层面的问题。

于是拼命吃啊吃，饭量从一顿一碗半增加到两碗半，一日三餐增加到五餐，下午不吃东西，晚上不吃夜宵就嘴疼。

到高三时，学校推出低价学生营养餐，姐姐也给我寄了很多补品，什么核桃粉、芝麻糊、莲子羹，每天中午晚上饭后来一碗。

我的高考奋斗目标，似乎变成了解决各种食物，补脑，补身体。

　　当然，我的体重也毫不客气地往上涨，高一入学48公斤，高二53公斤，高三时已经达到60公斤，而身高只长了1厘米。

　　看到别人挑灯夜读，我惴惴不安，想着也要发愤图强，3分钟后……我睡着了。

　　不久前，去影院看《垫底辣妹》，看哭了。觉得沙耶加为了考上庆应大学，拼命努力那一刻，拥有了全世界。而我的高考似乎都拿去拼命吃了。

　　之前我想不明白，为什么在那么多人努力的气氛下，我还是努力不起来？还是不能拼尽全力？明明我脑子里那个小人已经摇旗呐喊，要奋斗，要努力，为什么还是败给现实的疲惫？

　　工作了，经历一些事后，才明白：一个努力不起来的人往往因为"没有保持适度的饥饿感"。

2

　　去年10月，公司去青岛办活动，为了省钱，决定一部分人先坐飞机过去布置场地，另一部分人坐公司的车过去。

　　我和部门的领导坐同一辆车，车上还有经理的秘书、司机老陈、一个同部门的同事。

　　坐了5个多小时的车后，中途停车吃饭，可能是饿久了，大家吃起饭来的动作都是狼吞虎咽，碗里的饭添了一碗又一碗，除了领导。

　　他吃得很慢，吃了一小碗就停筷了。我问领导："要不要帮您再盛一碗？"

领导："不用，够了。"

我："是不是饭菜不合胃口？"

领导："不是。待会儿要开车，让老陈休息下，吃得太饱，大脑供血不足，犯困。"

我以为他开玩笑，继续吃。然后上车后一会儿，我就睡着了。

后来我上网查到：

大量进食真的会使人困倦。肠胃为了完成消化吸收任务会使血液流向消化道，外周组织和大脑的供血就会相应减少，特别是大脑，它不能储存能量，一旦缺血缺氧，能量代谢就会发生障碍，直接影响到脑功能的正常发挥，使人感到困倦。

与知道很多道理依然过不好这一生同理，尽管知道保持适度饥饿能使人更清醒，更有斗志，但知道的人多，做到的人少。

领导告诉我们这个道理后，部门没几个同事愿意在吃饭时少吃几口，毕竟，保持饥饿需要与人的原始欲望对抗，这需要极大的自控力。当然，领导那份饥饿感，是有人埋单的。公司欣赏也需要一个控制力好、工作出色的人。

领导每天不论在公司加班多晚，第二天都会元气满满地来到办公室，查看工作进度，解决客户问题，书写工作报告……处理各种事情。所以，据当时财务部小林透露，领导的工资是我们的 6 倍！

后来因工作关系接触到不少人，发现不只是领导，那些工作出色者或小有成就者，他们的饭量都不大，追求的是精致的饮食和少吃多餐。

3

一个朋友敏敏，在一家外贸公司任职。

每次约见面吃饭，基本节奏都是我吃，她看我吃。她往往只吃一小碗就停筷，喝水。

我惊讶于她的小鸟胃，她诧异于我的饿狗吃相。

后来才知道，敏敏并不是天生小鸟胃，而是习惯饥饿。以前她也是个贪吃的胖妞，因为喜欢一个男生，男生嫌她胖，当众拒绝她的表白，她才发誓要减下来。

3个多月的节食和瘦身，她瘦了20多斤，成了一个苗条的"弱女子"。因为害怕胖回去，她一直保持"吃饭七分饱"的习惯。

果然，一个能减肥成功的人都是有故事的人。

"习惯七分饱跟习惯饱腹有一样的魔力！"她说。她尝过"七分饱"的甜头。

敏敏的工作，不仅对外在形象有很高要求，而且她也常要整理繁杂的市场调查，日夜颠倒地回复一些国外客户的邮件。

"七分饱"不仅让她保持苗条的身材，也提高了她的工作效率。

"那点饥饿感，让我清醒。比起饱肚后的脑袋空空，我能更快地做好自己一天、一个月的工作计划，能更好地做出一个报告。"

华盛顿大学曾做过一个关于饥饿的研究，发现：适度饥饿可以帮人战胜疲劳，保持大脑清醒。因为人在饥饿时，大脑会忽略对睡眠的需求，工作效率更高。这与饱肚时的状态相反。

这个习惯"七分饱"的姑娘，是为了用那"三分饿"，换得自己更佳的工作状态。

难怪同一年毕业，我还在吃土，而敏敏不论是在工作成绩还是薪水上，都在公司部门遥遥领先。

4

舞蹈界的传奇——杨丽萍女士，一组在元阳梯田的写真，风姿绰约，美得超凡脱俗，我以为这是舞蹈对她的恩赐。

前几天看到关于她的文章，知道她的午餐只有一小片牛肉，半只苹果，一个鸡蛋。

才明白她的灵气也源于保持饥饿感的自律。

中国古人曾说："若要身常康，腹中三分饥。"

《古兰经》中的智者鲁格曼有言："饥饿会使人心如明镜，才思敏捷，富于远见。饱食会使人的思维麻木，智力减退，懒于功修。"

保持适度饥饿是一种自控力，也是一种习惯。

很少有人能做到"七分饱"，因为和原始欲望对抗太难，我们常常败下阵来。

高三那年，我没能做好备考，不能说没有吃得太饱的责任。

回想每次吃得太饱的时候，都很容易给自己放松的心理暗示：好饱啊，先坐一会儿，待会儿再出门；好饱啊，还看什么书？先睡会儿；好饱啊，今晚不能跑步了，对胃不好……

纽约州立大学对一群肥胖人士的研究显示：过度饮食的罪恶感会带来"那又如何"效应，造成恶性循环。减肥者在过度摄入脂肪后，会产生减肥计划落败的挫败和自我失望感，从而产生"反正如此，不如继续放纵"的心理。

吃得太饱容易让很多事情陷入搁置的状态，越搁置，越生疏，越健忘，身体越沉重，越没控制力，越无法做成一件事，陷入恶性循环。

适度的饥饿感让人清醒，工作越高效，身体越轻盈，越努力，越容易有成就，保持一个良性循环。

最近给自己做了个测试，发现做事高效的时候，一是跑完步后，二是早上起床上完洗手间后。这两个时间段，有一个共同状态：肚子有点饿。

后来我强制自己午餐不吃饱，发现午睡更容易醒来，醒来后也更容易进入工作状态。

斯坦福大学教授麦格尼格尔在《自控力》里，提到"控制的自己"战胜"冲动的自己"，意志将会加强，更容易做成一件事。

我想，是时候来跟身体做一次交易了，用抑制的食欲来换取清醒的头脑，保持适度的饥饿感，及早过上不被搁置的生活。

最重要的事，只有一件

1

同学是个 24 岁的漂亮姑娘，在这座城市里拥有一家与别人合资的咖啡厅。

由于位置偏僻，开在广场一处隐秘的角落，一年来顾客稀少。一个咖啡台，一张桌子，三把椅子，一个小黑板，就是全部家当。

"怎么办？生意一直没什么起色，我觉得应该去参加咖啡师培训，做更好喝的咖啡。或者去学烘焙，做一些点心一起卖，生意可能会好些。"同学说。

"那就去啊，有点心配咖啡，生意肯定更好。"

同学愁眉苦脸："我也想啊！不过，脱不开身，小玲（咖啡厅合伙人）说再等一等，等商场的入驻商家多了，生意就会好起来。"

"这跟你去学烘焙没太大冲突吧？"

"哪能啊！我一天不在，就没人做咖啡，没法开店了……"

"那你究竟想怎样？你觉得学烘焙重要，还是开店重要？"

"我也不知道，不知道是先去学烘焙，还是先把店里的生意搞好……再等一等吧。"

开始几个月，店里的营业额与运营成本还能持平，后来数个月，几乎都处于亏损状态。

后来，我又去过几次咖啡厅，她总说想学习烘焙，但是又指望店里生意变好，不敢休假，学习计划一直搁置着。

如作家宫本雅俊形容："我不愿为自己的任何心血来潮付出代价，只想在千篇一律的光阴中维持平稳。"

同学学习烘焙的心血来潮抵不过守在店里照顾冷清生意的平稳。

每次对话的结果都是"再等一等"，我不再试图劝她。

临近过年，我看到玻璃窗门上"旺铺转让"的牌子，打电话给同学。她说亏损得厉害，承受不起了，先暂且关店。她去学习烘焙，学成后找个大的店面再开张，招学徒。

"要是一开始，下定决心去学烘焙，今年就不会浪费那么多时间，也不会亏损那么多了。"

可是哪有那么多"要是""如果"的事！

学习烘焙和开店既然不能同时进行，就选出自己觉得重要的事，把它做了，而不是一边照顾冷清的店面，一边在脑海追问学习烘焙的可能。毕竟，这个不是多选题。

鱼与熊掌，不可兼得。

一开始下定决心去做一件事，就不要再去问另一种人生可能的意义——那是最没意义的事情。

因为每个人，无论有多少种身份，都只能过一种人生。

最重要的事，只有一件。

你只有把它拎出来做了，才能知道事情的后续走向。

2

太多的选择是阻力，不是助力。

太多的选择让人难以在庞大的事务体系中分清轻重缓急，容易迷失在主次矛盾混乱的架构里。

返乡做公务员的同学跟我抱怨着工作的无聊，羡慕我留在大城市。

是啊，我留在大城市，却谈不上能做很多事，也常常找不到出口。大城市最不缺的是年轻人的理想。

我跟那个开咖啡厅的高中同学一样。我常常跟母亲抱怨："妈妈，我工作太忙啦，好多想做的事没做。"

"你想做什么？"

"我想做很多事呀。我想每个月回去看一次你和老爸，想去旅游，想参加征文比赛，想和你一起回桂林看舅舅们。"

"那今天下午要干吗？"

"下午？上班呀。"

"下班后呢？"

"吃饭，洗澡，睡觉……"

"都没有聚会吗？那睡觉前你干吗呢？"

"写日记。"

"那就在写日记的时间写文章，参加征文比赛呗。"

"哦……"

"你周末不是有假期吗？可以回家办护照。还有，多存点钱，抽空我们一起去看望舅舅们……"

与母亲的交谈中，我发现，许多想做的事都可以一步步转化为具体的步骤。它们有了路线，有了时间节点，有了清晰的轮廓。

我才恍然，许多没有做的事不过是"不能做"的借口。

当把一件最想做的事，放在"可以做"的时间里，然后去执行它，后面许多想做的事才能一一走上正轨。

目前为止，我每两月回去看一次父母，参加了征文比赛（无果），办好护照去旅游了，就剩下多存点钱陪妈妈回一次娘家。

我开始明白，许多想做的事，定下的许多目标，需要先找出一件事把它做了，才能获得往前一步的力量。

我高中数学老师曾说过："太多选择就是没选择。你们现在只有一个选择，就是为高考奋斗。"

为什么高考会成为很多人"最努力"的记忆？

或许因为选择只有一个，重要的事只有一件，而你当时能做的就是短时间内集中所有力量去为这件事拼搏。

3

最重要的事情，只有一件。这话是傅盛先生说的。

他说："很多事情的改变，都是一件一件去完成的。这些大道理，大家听过很多，只不过我们喜欢一个词，叫'但是'。我觉得没有'但是'，找到那个关键点去撬动，就跟'给你一个支点撬动地球'一样。"

这大概是大多数人有"拖延症"的原因。

人们有很多"但是"，找不到撬动的支点。

人们的行动力差，其实是选择太多，没能挑出最重要的事做了。

有人说，我想考研，但是觉得现在这份实习工作进行下去，待遇似乎不错。于是一年后，你一边抱怨工作，一边感慨自己当初为什么没考研。

有人说，我想考雅思出国留学，但是那么多人去聚会，我也不想一个人被落下。于是，其他同学收到入学通知单时，你还在备考中。

有人说，我想做公司高管，但那么多人都不敢接这个任务，我就别出头了。于是，那个无数次接下任务的同事，一年后成了你的领导，而你还在原地踏步。

有人说，我想减肥，可是我今天已经忍不住吃了一颗巧克力，那不如多吃些，下一顿再少吃点。于是，那个每顿少吃一点的别人减肥成功了，你却成了一个减肥永远在下一顿的忧郁胖子。

罗列不清重要事项的人，往往容易囿于眼前的风景，陷入眼前那一亩三分地的困境。他们难以有长远的目光，达成预设的目标。这样的人，往往因为没法完成那件最重要的事情，陷入不断失败的恶性循环里。

这很像无数次减肥失败的胖子心理——破罐子破摔。

4

"破罐子破摔"，在心理学上叫"习得性无助"，指的是人们在多次遭受挫折打击，得不到帮助时，渐渐放弃自己的期望和目标，变得郁郁寡欢，走向破罐子破摔的地步。

这是对理不清重要事情的人的真实写照。

不论是我开咖啡厅的同学，还是想做很多事的我，抑或考研失败者，备考延迟者，升职失败者，减肥放弃者，其实我们都是因为无法挑出最重要的事去达成，而把很多事并列在一块，混乱、纠结、无从下手。

没法分清主次，没法从混乱的困顿中摆脱，没法完成目前最重要的一件事，获得往前的力量。就如在大学群居生活中的一些人：不知道要干什么，不知道要成为怎样的人，不知道当前最重要的事情是什么，索性就跟着同学群进群出，浑浑噩噩地过着每一天……

跟着集体无意识地挥霍青春，然后抱着大家都一样的心态，迟迟不肯迈出第一步，不肯主动去做那件想做的、重要的事。

毕业了，被风吹了，被雨淋了，被人笑了，才知道要往前跑，才知道最重要的事不能再耽搁。

有时，太多选择、太多想做的事是一种禁锢，一种留在原地，不肯往前的防御。

我想要减肥，想要获得一个健康的身体。可是有饭局，有应酬，没法不去怎么办？是耽于眼前的美食与喧嚣，想着人生难得几回醉，暂时享受一下？但最重要的事，只有一件——减肥。

所以应该在饭局里吃得少，吃得清淡，而不该沉溺在眼前的食物里。你无法一边无节制地享受口腹之欲，一边奢望自己能瘦下去。

当一段时间里，你只有一个目标，那才算是你真正想做的事，那才是最重要的事。

知道自己要达到的目标是什么，才能拒绝很多诱惑，才能懂得不追求"即时性满足"，而是追求"延迟满足"——为了达到更高的目标，获得更好的享受，暂时克制与忍耐。

如同人们说的：心里揣着大事，才容易淡定。

事情的改变，都是一件一件去完成的。

而最重要的事，只有一件。只有"专注于最重要的那件事"，不再摇摆，不再追问另一种可能，才可能通过这个支点撬动其他的事。

你要拼命，也要学会享受生活

1

我的女上司给我讲了一个故事：

大学时期，我宿舍有一个女孩子。她身高160厘米，体重130斤，又胖又自卑，也没有男朋友。为了减肥，她每天早晨5∶30起床跑步，不论刮风、下雨还是下雪。跑步半年后，她瘦了下来，体重90多斤，很漂亮，可以穿上漂亮的短裙和紧身衣。女孩很上进，一直保持跑步的习惯。后来她认识了一个男朋友，男朋友对她很好，两人一起毕业，去大城市打拼。女孩子勤奋、上进、肯干，为了追求项目的完美，常常加班到深夜，她很快就在职场上扎稳脚跟。她也成了她们宿舍羡慕的对象。女孩早起跑步时在群里聊天说，年轻人一定要奋斗，要努力，才会有自己想要的一切。过了没多久，女孩出车祸身亡。

故事结束，我一脸不相信："这就是你要说的故事吗？不该是个励志故事吗？"

上司看了看我笑着说：

"我想说的是，人不要对自己太苛刻，因为生命是很脆弱的。永远不知道，哪天你将逝去。要奋斗，要努力。可一定不能对自己太苛刻。那个女孩子，她用两年时间把自己变好，可她去世后，家人过了大半个月才知道。出席她葬礼那天，看到她父母相互依偎着哭泣，我就发誓，一定要好好爱我的父母，爱我的家庭。"

女上司刚给我说完，她的丈夫和女儿就来接她下班了，年幼的女儿扑进她的怀里，喊着："妈咪，妈咪，我们回去做蛋糕吧，奶奶已经买好材料了。"

女上司对女儿宠溺地笑着："好的，妈妈牵着你下楼梯好不好？"

说罢，她朝我挥挥手，在女儿和丈夫的簇拥下回家。

2

我一直思考上面那个故事，觉得逻辑不太成立。

如果没有那场意外，以女孩的努力程度，她一定能出人头地，然后给父母很好的生活条件，有很幸福的家庭。毕竟意外只是小概率事件。她吃得了苦中苦，自然会成为人上人。

第二天，我找了上司说出想法。

"那你告诉我，如果的事会发生吗？她意外去世这才是事实。"

我被噎得说不出话来。

"女孩有很严重的焦虑症，她在宿舍时就常常熬夜，她说，要在清醒时多做些事，睡着就什么都做不了。她太焦虑，以至于她迫不及待那么努力地想要成功。"

女上司喝了口咖啡，笑了笑："其实睡着了也可以做事的，比如做梦。"

我的上司，我很了解她。公司里常常是我和她加班到很晚。

深夜十一二点钟，她还会跟客户做沟通。早晨很早就起来，回复客户，或者汇报工作，或解决我们反映的问题，或做好一周的工作计划。

只是，比起电视剧里饰演的女强人，她活得更有烟火气，更亲切。

她的朋友圈里，有很多工作，也有幸福的家庭。她休假时的疯狂和工作时的努力成正比。

她偶尔也会对假期做活动的方案吐舌头，她偶尔也会跟我们吐槽客户的难缠。尽管最后她都会很妥善地解决。

一天晚上，因为弄一些材料，我们晚上 10 点钟下班。她请我去吃夜宵，说谢谢我陪她加班到那么晚。

她点了我爱吃的抹茶蛋糕和红茶。

她说："人的一生很短，要好好对待自己。你很优秀的，继续保持，但也不能亏待自己。有空多吃好吃的，多做些开心的事。"

我知道她是心疼我。那段时间，我一心扑在工作上，说实话，有时候离开工作，或不够忙碌，就会无所适从，焦虑横生。我很清楚，我一直缺乏平衡生活的能力，处理不了太复杂的关系，一段时间只能做一件事。

上司早我几年毕业，她经历了我经过的一切。只是，她都过来了。她是从县城出来的，在一线城市扎稳了脚跟。

她说："我在同学里，算是发展比较慢的。不过，到现在，也不会差得太远。有自己的家庭，有自己的工作和事业。付出是有回报的，慢一点没关系。"

3

上司跟我说完那番话几天后，女演员徐婷病逝的新闻出来
了。

让我感慨的是，徐婷曾发这样的微博：

26 年来我好像从来没为自己活过……爸妈生了七个小孩，
我是老三，从上大学以来就自己挣钱交学费，大学没读完就带
着 300 块开始北漂住地下室，五年来拼了命地拍戏挣钱给弟弟
交学费、交房租，替父母还债、买房……

无数次熬夜拍戏，累到腰椎间盘突出，仍然大冬天泡在冰
水里拍戏，压力压得喘不过气来，五年拍了几十部戏挣的钱全
给家里了，自己从来不舍得花……在我得知得了癌症后居然有
一丝的轻松，我感觉我要解脱了……

多么努力、多么令人心疼和惋惜的女孩子。一直在付出，
却鲜少被关爱。

我也越来越明白，一个人很好的生活状态是：对未来有恐
惧，对人事有眷念。

对未来有恐惧，你才会努力。对人事有眷念，你才会去享
受，去爱，去被爱，去珍惜。

弹簧一直处于拉伸的状态，就容易折断。好的生活状态是：
劳逸结合，张弛有度。

你要把工作做好，解决很多烦人的问题。但是也要学会，
把能放下的事缓一缓，学会偷得浮生半日闲。

除了你自己，没有谁那么着急催促你去成功。真正爱你的人，他们不会问你飞得高不高，而是问你飞得累不累。

看过《穷爸爸富爸爸》，里面的理财观念忘光了，但有一句我记到现在：先支付自己。

你所赚取的钱是应该先给自己做计划的，然后才是其他。

只有自己活着，好好地活着，以自己为中心的一切社会关系才得以存在，而因此衍生的问题你才能解决。

4

一个减肥成功的朋友告诉我，她曾一个半月瘦了 20 多斤，每天中午吃一顿，晚上不吃，饿极了就掐自己的手，用生理疼痛盖过饥饿感，愣是把自己瘦到 88 斤。

可是后来患了暴食症，体重迅速反弹回 110 斤。

后来，她试着隔天跑步，或者一星期跑三四次，然后晚餐少吃。这比每天跑步和不吃晚餐容易坚持。

两个多月，她又瘦到 90 斤。因为过程不是很辛苦，她慢慢增加食量，并且不再反弹。

这期间，也会有一两天忍不住吃东西的。她说，最大的技巧是，忽略那份负罪感，不要破罐子破摔，无论前一天做了什么，都要若无其事地保持下去。经历了生活的苦，也要尝尝它的甜啊！

偶尔的放纵不是魔鬼，是自己的假期，是对自己的关爱。

物极必反是有道理的，把自己逼得太紧，更容易疲惫和放弃。越在乎，越害怕失去，越患得患失。

活在世上，你没法不沾烟火气。总会偶尔懒惰、偶尔懈怠、偶尔放纵、偶尔需要享受，需要爱与被爱。但并不妨碍你成为想成为的自己。

我一直觉得人们对女孩子要求是苛刻的：你要经济独立，你要自强，你要瘦，你要美，你要平衡工作与生活，你要自己给自己安全感，你还要有趣……

在网红乍现、才女群涌、女强人横行的现在，你要快点成功，否则你就会老去，老去，老去……或者贫困、平庸、贫困、平庸……

这些信息涌来，女孩们愈发焦虑，愈发不安，却也无能为力。

因为事情你可以现在做，但是，效果你还需要等一等。

网上有个问答我很喜欢，问："50岁才有房有车的人，和30岁就有房有车的人差别在哪儿？"

答："意味着那个50岁的人比那个30岁的人多玩了20年！"

多好的心态。刘亮程也曾说："多年以后，不论是骑马快跑的人，还是牵着老黄牛一步步往前走的人，都会老态龙钟地回来。"

所以，女孩们，不用后悔，不用计较，不用害怕，现在的选择都是最好的选择。

不要羡慕那些比你成熟的人，因为一路走来，他们遇到的坏人比你多。也不要因别人的成功焦虑，因为你们生来就不同。有少年成名，也就有大器晚成。

努力和享受从来就不是反义词，它们是并列关系时，才是最好生活状态的抵达。你需要努力，也需要学会爱与被爱。

罗素先生说："参差多态乃幸福本源。"

你需要接受世上有不同阶层的生活，也需要接受自己不会一直紧绷努力的心态。

吾日三省吾身：努力否？努力否？努力否？否！那就去努力。

吾日再三省吾身：开心否？开心否？开心否？否！那就去享受。

愿女孩你不只有努力，还有对人事的眷念。

人需要做事，也需要做梦啊！

Chapter 5

活出仪式感，让生活更高级

你越有仪式感，人生越容易成功

1

米可是公司里最有衣品的女同事。平时上班，衬衫毛衣牛仔裤，干净素雅；外出招聘，衬衫过膝裙高跟鞋，清爽干练；团队活动，卫衣长裙帆布鞋，文艺清新；去酒吧，短裙露肩大耳环，明媚妖艳。

每一次看到她，都感觉在看模特街拍。

她是我们心中的千面女郎。

她的业务能力同样出众，培训结束，评选"哪一位培训师的培训最有用"，米可的培训以"实用""清晰""能解决问题"等优势使她成为得票最多的培训师。

外出做活动，米可是总策划，一天内做好策划方案和客户对接，然后用一天安排工作，采购物资，效率奇高。

活动很成功，客户大力好评。庆功宴后，有同事提议去酒吧喝酒继续庆祝。米可拒绝了："我现在的着装不适合。"

"没关系的，坐一会儿就回去。"

"不了，有点仪式感，尊重那些场合。"

然后，她穿着工装回公司做活动总结。

那一刻恍然明白，米可的出众能力和出众衣品都与她的仪式感有关。

仪式感让她在每一个场合都投入，对每一件事都认真：尊重场合，尊重场合里的人。

这种仪式感意味着对自我要求严格，对不同事情都有着合适的应对。

她的仪式感，给大家"米可在那个场合里有合适的形象"的印象，认为她能胜任，她可以担当。所以，任务来临时，领导把机会给她，同事帮助她，客户信任她。

米可也凭借这种仪式感，凭借尊重仪式感的执行力，在职场上愈发如鱼得水。

2

没有仪式感的人，界限是很模糊的。

那些上班时间刷手机、看微博（工作需要如此的例外），放假时刻又焦虑工作和学习的人，大多是对生活缺少仪式感的人。他们茫然，没有目的；他们无措，不知如何向前。

一天过去，他们什么事都做了，除了重要的事，他们开始失落；吃饭时不肯吃饭，千般忧愁，睡觉时不肯睡觉，百般计较；他们忘了如何投入生活，他们忘了如何投入一个场合，如何投入一件事。

我曾经也是这样的人。

朋友约我去玩，我懒得换衣服，穿着工服去，结果那个场合人人衣着时尚，我很尴尬地度过那次聚会，朋友说："你再这样不根据场合穿衣，早晚会吃亏。"

后来公司去参加展会，需要一个主持，我很想去，但没有人选我，票选结果是那个很会打扮的女孩子。

在台下摄像时，我的失落被上司看在眼里，他跟我说："如果你能稍微打扮一下，工作状态应该会更好。"

那场展会，女孩主持得很好，闪闪发光。

台下的我决定，要做一个别人看起来"你很专业，你可以随时上场"的人，这样，才能随时赢得机会。

跑步、化妆、健身，列待办事项表，学习去做时间管理，坚持大半年，发现生活渐渐明媚起来。

不是说有很多机会，而是我更自信了，可以在某个场合里应对某件事，能更积极主动地去面对工作，能更热情地拥抱生活。

也才明白，没法从上一个场合抽身出来，也就没法认真对待此时此刻。

这是需要仪式感的原因。

那些认真做事、好好生活、充满仪式感的人，他们更自信，对事情更容易认真地投入，也更容易达成目标。

3

有仪式感的人，能把单调普通的东西变得不一样。

薇薇是资深的早餐爱好者。

作为一个服装设计师，常常需要加班。无论前一天加班到多晚，第二天她一定会 7 点钟起床做早餐。餐桌布是红格子或蕾丝，食物通常是水煮蛋、红豆粥和牛奶面包。

有朋友曾讽刺："不就一顿早餐吗？何必那么'作'？"

薇薇反驳："我就要优雅地吃一顿早餐，为接下来一天的战斗做准备。"

5年来，薇薇保持着这个习惯，她的战斗总是取得胜利。

她保留3年前的工资条，纪念她第一次月薪过万；她搬出城中村，住进小区，她的早餐多了一道阳光；她跳槽两次，晋升为如今的服装设计总监职位。

薇薇把这些成就归因于那被人讽刺过的早餐习惯。

看着自己准备出这么讲究的早餐，化好妆，美美地吃上一顿早餐，心情愉悦而优雅地进食，隆重而正式，会让她感受到自己是一个有力量的女性。

这个生活里的细节，照亮她一整天的心情。

她带着愉悦的心情跑遍广州的服装批发市场，就算在前一天的工作里溃不成军，也可以在第二天的精致早餐里复活。

她对待工作的重视，就像对待早餐，把别人眼里单调普通的东西变得不一样。

凭这股讲究，终成如今的"时尚女魔头"。

人们常说，好看的皮囊千篇一律，有趣的灵魂万里挑一。

何为有趣？有趣就是把普通东西变得不一样，能在平淡无奇里找到色彩斑斓，能在别人的随意评论里坚定自我。

连早餐这么普通的东西都能被薇薇这么郑重地对待，何况工作？何况生活？

所以呀，越有仪式感的人越有趣，越有仪式感的人越认真，人生当然越容易成功。

4

越有仪式感，越有自控力。

有仪式感的人，对自己人生也有强烈的控制感，在情绪和身体状态调控方面容易形成积极的自我暗示，这种人也会给身边的人带来正能量。

我长跑的启蒙老师是高中的数学老师。他也是班主任，为了增强我们体质，能更快乐高效地复习，他提出"晨跑计划"。早晨 6 点钟去跑半小时，然后再去早自习。

他说："你们去晨跑吧，去听听树叶和风的声音，会知道世界是你们的。"

三十来岁的数学老师，身材保持得很好，他说："锻炼能够保证一个人的活力。要有活力地学习和生活，那样你们才能记住这段充满仪式感的高考岁月。"

跑步的坚持，是他虔诚叩拜生活的仪式。

后来，我们毕业，各奔前程。很多同学都忘记高中时读过了什么书，但偏偏记得这位老师和他说过的话。

听说，他现在被调往更高级的高中任职，也找到第二任妻子，他的孩子在单亲几年后终于有了完整的家。

数学老师一步步努力奔跑，抵达了自己想要的世界。

而很多同学，也因为他，在某个日子里，开始跑步，坚持跑步，也坚持在生活这条没有尽头的跑道里一路前行，互相鼓励，从未放弃。

我们都需要这点仪式感呀，去相信生活，去掌控生命往更好的方向发展。

5

什么是仪式感？郑重对待一场体验就是仪式感。

《小王子》中狐狸说："（仪式）它就是使某一天与其他日子不同，使某一时刻与其他时刻不同。"

不同才会铭记。

心理学家武志红先生说："生活体验组成的就是生命。"

那些充满仪式感的人，他们那么郑重地对待此刻的体验，那么尊重每一个场合，无怪乎总能高歌前行。

一些人活着已经死了，一些人死了，他还活着。

一些人把一天重复过了一万多次，一些人却确确实实活了一万多天。

你的体验，你花费时间的方式就是你生命的组成。

多点仪式感，郑重地对待生命的体验，人生就越容易成功。

所以，郑重对待每一场生命体验吧，去投入，去探索，让人生多一点能记住的日子。

当每件事都变得糟糕时，你该如何面对

1

英语比赛过后，获奖的小朋友笑了，牵着妈妈的手高兴地回家。没获奖的一些小朋友忍不住哭起来。

事后家长抱怨，早知道不让孩子参赛，应该让她无负担快乐地成长，甚至对校方说，举办这样的比赛没有意义，自己的孩子只是出了个洋相，就草草收场。

校方这样回答："怎么没有意义？孩子成绩虽不好，但成长了。"

我不知道那些输了的孩子怎么想，但有比赛就有输赢，有输赢就有喜忧。家长如果认为让孩子永远开心、永远成功才有意义，那是否永远不让孩子参加有竞争性的活动？这样孩子就不会体验失落、悲伤等情绪。

害怕失败乃人之常情，但因害怕就事事躲避，错过人生百味，岂不得不偿失？

人们习惯对眼前的得失斤斤计较，却容易忽略人生其实是一个漫长的旅途，不到终点，都不知道谁笑到最后。

那些哭了的孩子，体验过失败、失落，他们会比那些及早体验成功的孩子，更成熟和谦卑。

很多人都看过《阿甘正传》，里面智商只有75的阿甘最终成了有一个可爱儿子的百万富翁。

为什么？

因为他善于思考，追求做每件事情的意义？因为他擅长规划，精于计算人生的价值？

好像都不是。

《半边天》的张越这么说："阿甘是看见了什么，就走过去。别的人，是看见一个目标，先订一个作战计划，然后匍匐前进，往左闪，往右躲，再弄个掩体……一辈子就看他闪转腾挪，活得那叫一个花哨，最后哪儿也没到达。"

阿甘钝感力很强，别人眼中的苦痛和困难他总能豁达、坦然地面对。他活在每一件事情里。别人瞻前顾后时，他已经把事情做完了。

参军有意义吗？为什么要打乒乓球？去越南战场有意义吗？为什么要去捕虾？

如果阿甘会思考这些问题，他最终就不会是阿甘了吧。

2

最近似乎走到人生分岔路口，工作稳定下来，学习计划却因为工作量的增加，搁置下来。有些懊恼和悲观。命运似乎就是那么回事，你所处的环境和周遭的人似乎就决定了你的人生走向。

开心的是得知班里一个男同学考研成功。第一年考研，他失败。第二年，毕业的他在校外租了一间房子，一边实习，一边复习。

当时我问他："为什么要那么坚持？如果下次还失败怎么办？"

他说："我是铁了心要考研的，下次失败就再继续考，我相信天道酬勤。"

功夫不负有心人，在很多同学埋怨公司不好、社会不公、频频跳槽时，他考上了华南地区传媒专业最好的学校。现在他在一家著名杂志社实习，写的文章阅读量很高，当然，他的幸福指数也很高。

他成了自己想成为的人。

我跟老妈说："我有一些事要去做，但感觉好困难。"

老妈说："你是梦想太多，金钱太少。"

被看穿后，我差点就想放弃。

然后找另一个朋友拯救我崩塌的自信。

他创办了自己的电商品牌，还跟我说他每天过着养花、种草、喂猫的日子。

我说："生活好穷，梦想难以为继。"

他跟我说："没有够用的钱，就如同没有一切条件刚好的人生。"

他接着又说："因为什么事都困难。如果不做就不用说什么，如果有困难就去解决。我开始也不懂皮料，是边做边学的。"

我问："可是如果一件事要花很长时间才能看到效果呢？"

他说："去做。我2月份注册的，现在品牌还没有下来，要半年。"

我问:"中途经济能力快支撑不了你做不下去呢?"

他说:"去打工!想和做,两回事。思考,规划,执行。"

我哑口无言,也没再打扰他。

既然听过很多道理都过不好这一生,索性跟着感觉走,把想到的都做了。当你在思考:这样做有意义吗?一定如我,想得多,做得少。

有没有意义?够不够喜欢?要做了才知道。

3

你是否和我一样,总觉得别人的人生铺满鲜花,而自己的人生却荆棘满地?

别人找到好工作了,别人出国留学了,别人开店成功了,别人结婚生子了……总之,好事都是别人的。好了,别想了,那都是别人。你是你。你有自己的梦想,有自己的打算,你的焦虑缘自别人成功,而你还没有行动。

李尚龙说:"打败焦虑的唯一方法,就是去做那些让你焦虑的事。"

你要坚信,努力最坏的结果不过是大器晚成。

世界很大,人很多。我们不需要太多别人的赞美和理解,只需坚持过自己想要的日子,坚持努力。

别人的成功于你是幻象,你此刻的付出才真实,才能一点一点构建你的未来。

不去想别人的成功,此刻,你坐在沙发上,看几页书,写一篇日记是真实的。

不去想那些遥远的考试，此刻，刚睡醒就在焦虑中使劲记住一个单词是真实的。

不去想那些蝶变的灰姑娘，此刻，35 摄氏度的热浪袭面而来，挤出每个毛孔里的水分是真实的。

不去想还没来临的掌声或臭鸡蛋，此刻，站在公交车上，左手扶着椅子，右手拿着手机码字是真实的。

不去想那些未曾入座的豪车，此刻驶来的公交车和脚下的路才是真实的。

你说，人生下来就不平等。你说，人本来就存在阶层差距，圈子已固定。那么挣扎着努力有什么意义呢？

你所谓的意义大概是立竿见影的成功和立即折现的金钱吧。

有人说，贫穷本身没有意义，摆脱贫困的努力才有意义。

那么我也要说，人生没有意义，活在人生的每一件事里才有意义。

意义不是想出来的，是做出来的。

4

人们追求人生的意义，其实是在找答案，是衡量所做的每一件事能否实现利益最大化。

今年 3 月我迫切寻找意义就玩了一次"答案书"。

方法和结果如下：

答案是：Your actions will improve things.

你的行动会改善事情。

好吧，还是没有答案，而是去做。

感觉像被骗了。

后来一想，人生若写满答案，一切都是注定，我也就不用来尘世走一遭了。

人生本就没有答案书，苦难中的活头就是那点"未知"和"不确定"，如果都有答案，人生就没有一点儿盼头了。

所以不要害怕做选择，不要害怕做事情，不要害怕暂时落后、暂时吃亏，不要害怕你做的事情没有意义。

如果那是初心，如果那是生活，如果那是你，就坚持下去吧。

刘亮程说："埋在自己的事情里，埋得暗无天日。人把一件件事情干完、干好，人就渐渐出来了。"

如果你遭遇苦难，困惑、失落，感觉自己的选择让每一件事变得很坏，不要害怕，这是常态。

在网站 Quora 里有一个这样的提问：当一个人感觉生活中每件事都要变得很坏时，该怎么办？

有一个投赞成票达到 43.6K 的回答，是这样说的：

1. 打开谷歌。

2. 在搜索栏写下你的问题。

3. 将会看到超过 10 万的人跟你有着同样的问题。

4. 发现不是一个人有此困扰，感觉变好。

5. 离开电脑，像个成年人一样去处理问题。

事情没有问题，人生没有问题，问题是你要像成年人一样解决问题。

别人的成功千百种，你抄不来的，你也活不出别人的样子。因为，没有谁比你更像你。如果你不知道怎么选择，就选一条走下去最像你自己的路。

千万不要走到人生终点才感叹：生活下了好大一盘棋！却忘了棋手是你自己。

和大家分享一段奥地利诗人里尔克的诗：

要容忍心里难解的疑惑，试着去喜爱困扰你的问题。不要寻求答案，你找不到的，因为你还无法与之共存。

重要的是，你必须活在每一件事情里。现在你要经历充满难题的生活，也许有一天，不知不觉，你渐渐地活出写满答案的人生。

我们真的是凭自己本事单身的

1

周一七夕，又一个情人节。

同事们调侃我：单身狗别出门，免得被撒狗粮。

不予理会。

在路过地铁口时，买了一束花，放置在房间的书桌上，雅致芬芳。

晚上，大学时的几个同伴在群里问起各自的情感状态。

发现情感方面都没有进展。

有的一直被迫相亲，周旋在父母和亲戚间，比如林子；有的感情一直一片空白，比如C小姐；有的是因为不爱，前不久才进入空窗期，比如梅子……

且听我慢慢说来。

2

在家乡创业的林子小有成就，小富婆一个，但还是躲不开父母和亲戚的催婚。

"年纪那么大了（也才25岁），再不找个好老公，好的都被别人挑走了。"（随便）

"你堂妹小你三岁，都有娃啦！"（关我屁事）

"不谈男朋友，以后谁来养你？你爸妈老了，你怎么办？"（我养全家）

……

林子内心虽然波澜壮阔，但表面不动声色，盯着手头的工作，继续完成。

念叨多了，就左耳进，右耳出，自动忽略。

一次，亲戚们没打招呼，就安排一个男生来林子家，在她不知情的情况下，来相亲。

全程，男方亲戚喋喋不休，男生默不作声。

事后，父母把林子的联系方式给了男方。

然后，男生跟林子说，他是当天刚刚和前女友分手，他放不下她，才心情不好不说话。分手的原因是父母不喜欢前女友是外省人，来相亲的原因是妹妹要结婚了，哥哥也要准备。

这段糟心的相遇和经历，让林子果断搬出家里，在自己的工作室附近住。

亲戚们都劝，男方条件多好呀，公务员，月薪七八千元，工作稳定，父母都是退休职工，家里可以帮忙买房。

他们不知道，林子大三开淘宝店的月收入就已经高于这个数了。

林子说，单身就单身。反正她没有经济压力，能用兴趣爱好赚钱。如果男方家里人通情达理，男方本身有修养，房子干净舒服，那还可以嫁。

但看他这情况，家长里短什么的，实在应付不来，也不想应付。

还不如再努力一些，自己买房买车，然后周游世界。管他什么七大姑八大姨，管他什么别人的婚姻。

看到这里，C小姐忍不住感慨："我们真的是凭自己本事单身的。"

3

C小姐在家乡从事媒体工作，25岁的年纪，已经买车，每月薪酬稳定。

衣食无忧，可以把重心放到工作和家庭上，偶尔可以上网接个任务，赚点外快。

此前一直有亲戚要给她介绍男朋友，C都以工作忙一一拒绝。因为C小姐一直开车跑采访而且常有突发新闻，在亲戚眼里是工作忙，况且家里生活费主要是她给，她有大部分话语权，父母相信女儿，也不干涉。

而她的一些初中同学就没那么幸运。她的初中同学米香高中选择辍学，外出打工。因为本身性格问题，工作基本5个月一换，薪水也没上升的空间。后来，米香在酒楼里遇到一个中年富商并成婚。当时富商因前妻无法生育，刚离异。

米香的婚礼隆重，她在村里被一众年轻姑娘羡慕和嫉妒。她跟C小姐说："你说，你那么辛苦工作，也赚不到什么钱。干得好不如嫁得好。"

年轻的米香婚后诞下健康的儿子，本以为母凭子贵，但产后米香身材臃肿，富商便看不顺眼，时常找碴儿。而米香因受教育程度低，和高校毕业的富商缺乏共同话题，二人日渐疏远。直到富商坦白他与助理相爱，需要米香签署离婚协议。

因为没有工作和收入，米香无法获得儿子的抚养权，每日以泪洗面。

米香如今独居，父母怕丢人，鲜少去看她，村里的年轻人也不再羡慕她，同龄人因各自成婚有家庭，也很少往来，米香的生活很冷清。

还有一些早早成婚的同学，不是因为遇到对的人，而是迫于父母和亲戚的压力，他们的"压力"源于"没有话语权"，出于对长辈权威的压力——父母说让我这时结婚，给我房子车子；亲戚们说不能嫁给外省的人，那么远，不会去探望……

张小娴说："爱情不是避难所，想进去避难的话，是会被赶出来的。"

指望嫁一个人或娶一个人摆脱经济窘迫和获得拯救，早晚会破灭的。

不如早日清醒，早日奋斗。

4

梅子的前任从事金融行业，比梅子小两岁，清俊斯文。

我们总认为男方可能欠梅子钱，才跟她在一起。

男生是梅子的大学同学。毕业后因几次聚会熟络后，男生便向梅子表白。男生挺体贴，每次吃饭都会帮梅子拉椅子、夹菜；走路会走在外面，让梅子走里面……

然而不到三个月，梅子就提出分开。

对此，我们痛心疾首，纷纷说：

"梅子，你太任性啦，知道现在小鲜肉多难找吗？"

"对呀，人家从事金融，薪水那么高，再熬个两年，你就可以做少奶奶啦！"

"又帅又多金的人爱你，夫复何求？"

梅子怒了："我又不是为了钱跟他在一起的，我不爱他才分开。两个人在一起，我没有爱情的甜蜜和享受，有的是负累感。"

跟他在一起的时间，梅子并没有像电视剧里那些女主角一样甜蜜。

男生每次主动约："下班一起去吃饭。"

梅子："好呀！去哪儿？"

男生："你决定。"

时间长了，梅子感觉在打两份工。工作上本就有各种选择和决策，情绪已经疲劳，下班还要做这些拿捏和决断。

每次梅子问他的意见，都没有答案。

男生说："小事你决定，买房买车的大事一起努力。"

梅子想："吃饭你竟然认为不是大事？不吃好饭怎么拼搏、怎么买房买车？"

……

从此，梅子过上了愉快的单身生活。

"要么玩到一块儿去，要么吃到一块儿去。"

梅子坚信，如果不行，就不要将就。她一向固执，爱情观有种柏拉图式的浪漫。梅子在实现它的路上孜孜不倦。

我们尊重她，因她想到做到。分手后的前男友也尊重她，因她独立美丽，能维持自己的理念和精神世界，并感染他人。

我们支持梅子的路，因为知道，她有自己安身立命的本事，不用依赖和指望另一个人，也能好好活下去。

5

人们常有一种价值观，嫁给一个人，就意味着：他养你。

人们还有一种价值观：爱情大过天，没有爱情的生活很乏味。

前者大多是让你早点儿相亲结婚的长辈，后者大多是不谙世事的年轻人。

之前《新世相》出过一期《985学校毕业生相亲鄙视链》。即使受过高等教育，也逃不了"明码标价"和互相鄙视的经历。

一个女孩很直白地告诉她正在接触的男生："我就是想住大房子啊，你也有。"把"有房"填到自己资料表中的男生也会很伤心地哭着说："如果你要的只是这些，那我们就分手。"一个北大男生想找北大师妹，因相亲女孩不是北大的拒绝见面，而后女孩找到从事金融行业的清华男生。

父母或者亲戚想让你谈的恋爱、相的亲、结的婚都是有条件的。你自己想要的爱情和婚姻，也有条件。只不过后者是你主动选择并能控制的。

《我的前半生》里，罗子君嫁了有钱养着自己的陈俊生，而妹妹嫁给了有爱情的白光，可最后两个人过得都不幸福。但从两人的经历变迁可以看到，没有一个家庭主妇，是靠老公养活的。

也没有谁，必须有爱情才能活得快乐，才能活得下去。

我相信爱情，但我否认滥竽充数的爱情，否认把对方当作救命稻草的爱情。

我相信婚姻，但我坚信婚姻从来就是两个人的事，从来就是三观相近、志同道合的两个人携手同行。

你自己无趣，怎么指望两个人时有快乐？你没有一定的经济条件，怎么能在意外来临时，还能搀扶对方走下去？

那些不肯把爱情作为救命稻草，不想把婚姻明码标价，还在单身的人，他们清醒而努力，真的在凭本事单身。

6

什么叫本事？

答：独立的经济能力，选择的余地，不依附于他人的认识，掌控生活的能力……

他们往往选择孤身前进和奋斗，在意外和爱情都没来临前，想努力让自己强大些，再强大些；他们可以自己创造经济条件，他们可以主动追求，或者主动拒绝；他们在分开后，还能依赖自己好好生活。

如果好朋友间调侃或自嘲"单身狗"，那是生活的调剂，但带有恶意的攻击，却不对。因为，"单身"的很少是狗，往往是"猫"。

狗是社交动物，必须和人亲近，它的安全感建立在和人的联系上。猫是领地动物，可以适当孤独，它的安全感建立在地盘意识上，重要的是对环境的熟悉，而不是人。

作家熊逸老师说："所有人格修习的目标，都是从一只必须和人亲近的狗，成长为一只可以适当孤独的猫。"

那些不滥竽充数找伴侣，不依附他人，不惧怕风向，坚持自己爱情观而单身的人，他们很勇敢。

作家杜拉斯说："爱之于我，不是一蔬一饭，不是肌肤之亲。而是一种不死的欲望，疲惫生活中的英雄梦想。"

凭本事单身的人，并不是必须和人亲近的"狗"，而是优雅的"猫"，是疲惫生活里的英雄。

面对目前单身的状态，最好的处置方式借用一句话：希望你们都拥有爱情，而我拥有金钱。

然后，希望你们都能有好多面包，再去勇敢地追逐一份纯粹合拍的爱情。

与自己来一场握手言和

1

原谅自己总是一件很困难的事。

2004 年年底，哥哥在玩耍时被建筑用的水泥板压到脚。送往就医时，卫生站的医生说脚受伤很严重，可能会残疾。

在外工作的父母得知消息，立即带上所有存款赶回来。

哥哥被转到县城大医院治疗，因及时就医，脚部恢复很好，并无残疾。只是走路时左右脚步伐深浅不一，但不明显。

身为长女的姐姐吓坏了，哭着跟父母说了原因。原来哥哥想要一辆玩具车，缠着问姐姐要钱，姐姐没有，就随口说隔壁家的孩子有，问他借来玩玩就行。

那时隔壁家在起新楼，哥哥经过时不小心碰到靠墙放的建筑水泥板，被砸到脚。

父母没有责怪姐姐，那时她才 14 岁。

2005 年，才初中毕业的姐姐毅然辍学，前往深圳打工，任凭父母怎么劝说都没用。

姐姐每月都给哥哥寄生活费，几乎每三个月就往家里寄包裹，常常是鞋子、玩具车。

每次回家过年，看到哥哥走路，姐姐都会跟我说，如果当时不跟他说那句话就好了，如果当时把自己一周生活费给他就好了……

直到遇到姐夫，组建家庭，有了自己的孩子，姐姐才把专注力转移，寄了6年的生活费和鞋子才终止。

可当年的事一直是姐姐的心结，无论对哥哥多好，她都无法原谅自己……

2

其实，姐姐当时说的话和哥哥脚受伤并没有太大的因果关系。有太多客观因素：父母不在身边监护，姐姐年纪尚小，家里经济拮据，哥哥要求过分，隔壁家的建筑物品摆放太随意，没有拉起施工线……

可是姐姐一直任那份内疚感牵扯着走。为了弥补，甚至很早辍学，外出打工。

尽管姐姐后来上了夜校，但那一场赎罪也改变了姐姐的下半生。我的父母至今在为姐姐的辍学和过多付出而自责。

太难与自己握手言和的人总很难幸福。如同《蜡笔小新·爆睡！梦境世界大突击》里常常做噩梦的小崎。

小琦的噩梦源自"害死母亲"的自责与愧疚，终日为母亲追骂的噩梦所缠。

其实原因是母亲做实验失败，小崎刚好目睹这次失败爆炸，母亲为救小崎牺牲。

小新等几个孩子组成的春日部防卫队发现后，决定帮助小崎，一起寻找能吃掉噩梦的神兽"貘"。

春日部防卫队没有找到貘，后来小新的母亲进入梦境说服和感化了心魔——用噩梦惩罚自己、"拼命赎罪"的小崎。

实验失败爆炸是客观发生的，与小崎误入实验室无关。母亲选择扑救女儿是出于母爱的本能行为。母亲的牺牲是为了女儿能好好活着，而非终日折磨自己。不该拿过去的错误来惩罚自己，再不堪的过往都该有释怀的一天。

最终，小崎摆脱了噩梦。

小崎说："即使再可怕的心魔，再痛苦的回忆，都不会消失。它一直存于心底，只是现在我能和它好好相处了。"

3

《伦敦生活》里女主给好友小波讲过一个故事：

一个11岁的少年被关进少管所了，原因是他一直拿铅笔的橡皮擦戳学校仓鼠的屁股。当别人都在指责小男孩的时候，只有好友小波在关心他活得是否快乐。

小波："他们不应该只是把他关起来，他需要帮助。他肯定不幸福，幸福的人不会这样。"

小波还说："人都是会犯错的。"

后来女主犯了一个很大的错误，她和小波的男朋友发生了关系。

小波不知道男友出轨对象是谁，她想跑去自行车道被自行车撞，弄伤自己的手进医院，这样男友就会为所作所为感到愧疚。

结果，自行车速度太快，小波被撞到马路上死亡。

此后，女主一直活在自责和内疚中，她的生活乱七八糟，经济拮据，但还是不想放弃和小波一起开的咖啡厅。

她常常在餐厅对着她送给小波的豚鼠发呆、回想、忏悔。

咖啡厅资金周转困难，她去申请贷款，因为跑得太快很热，她以为毛衣里还有衣服，想脱下，结果被审查员看作勾引，拒绝了她的申请。

第一季快结束时，女主终于被狼狈的生活和愧疚感折磨得难以忍受。

她跑到马路上想寻死，被刚好路过的审查员阻止了。

她再次在咖啡厅里跟审查员忏悔："人或多或少都会这样，只是人们从来不愿意谈论它，就剩我彻底孤独的一个人……"

审查员看到她的以豚鼠为主题的咖啡厅很特别，愿意再给女主一个贷款申请面试的机会。

他说："人都会犯错。"

4

到这里，感觉犯错与原谅真的是一个艰难的命题。

犯错不可避免，是人都会犯错。如果超过了法律范畴，自有法律来定罪量刑。但是如果只是道德范畴的呢？如果这个错误不大呢？如果他是无心的呢？怕是要一直背负着内疚吧。

内疚在心理学上一直被作为负性情绪来研究。它与神经症、焦虑、抑郁、强迫症等关系密切，会对心理和行为产生消极影响。体现在人们在违反准则后期望受到惩罚以赎罪，外界却没有实施惩罚时，内疚者会进行自我身体惩罚以减轻内疚感。

姐姐的辍学打工就是一场自我惩罚，用自己的辛苦给哥哥带来更好的物质，这是一场赎罪。

小崎的噩梦是一场自我惩罚，每天在梦境里拷问自己，以减轻对母亲的内疚。

《伦敦生活》里女主糟糕的生活是一场自我惩罚，糟糕了，放纵了，才能麻痹对小波死亡的痛楚。

他们用过去的痛苦损耗自己，忘了时间是有脚的，忘了自己是要成长的，忘了积蓄能量，为未来的日子做努力。

人生本来就是矛盾的，毕竟人们依靠着经验往前走，而大部分经验又由失败而来。

犯错并不可怕，可怕的是久久不肯放过自己，深陷泥淖里不肯拔腿，葬送了更好的生活。

是人都会犯错，但别让过度的愧疚感折磨自己，要学会与自己握手言和。

毕竟，生活还在继续，还是要往前走呀。

如海子说的："你来人间一趟，你要看看太阳。"

愿5年后的你，活出最想要的样子

1

圣诞夜，梅子、阿九、狗哥，我们四个人围在一起吃火锅。聊了很多，都是关于近期的生活和不如意现状。

到最后，狗哥问了一句："我们都来说说 5 年后想成为一个怎样的人吧。5 年后，我们就快 30 了。"

梅子说："我想要在 30 岁之前考上心理学的硕士，现在考了心理咨询师。但是还是要往知识系统化的方向走。嗯，如果可以就继续考博士。我的职业方向是成为心理咨询师，最好能在 30 岁之前成家。"

一阵掌声和鼓励。

我说："我要在 30 岁之前拿到专业硕士学位，最好能出国留学，职业就是成为作家。必须跑一次全程马拉松，参加一次铁人三项，还有，必须创一次业，哪怕只是摆地摊。"

倒吸一口冷气声和迟来的鼓掌。

阿九说："我目前最想做的是挽回前女友，30 岁之前就是能成家立业吧。"

大家迟疑了一秒，然后鼓励他赶紧去实现，听起来他目前的计划成功的可能性最大。

狗哥吸了口烟，说："我和阿九差不多，我想成家立业，能背起一份家庭的责任。"

　　说完，我们都不约而同地笑了。这样的话题讨论颇有从艰苦生活中活出点味道的释然。

　　原来我们的心境都在慢慢成熟，还一直以为自己今天才 18 岁。

　　我笑了笑："男生女生就是有差别，男生的计划是有两个人或者家庭；女生简单点，尽想着自己。"

　　梅子打岔："或许只因我们两个是单身狗。"

　　我不知道有多少人想过 5 年后的自己会成为一个什么样的人。我也不知道你现在活得怎么样。但我知道和我同龄的一些朋友都处在一边奋斗一边迷茫的状态中。每天过着不尽如人意的生活，偶尔不开心就插科打诨一下，仿佛今天把自己逗笑，明天就不会那么难过了。

　　我们似乎都做着一份不那么喜欢的工作，领着一般的薪水。我们不敢随时哭、随时笑、随时离开。我们的情绪在各种各样的工作场景和生活场景中慢慢被克制住。生活似乎从不肯让我们轻易地潇洒。

　　毛姆在《月亮和六便士》中写过这么一句话："一般人都不是他们想要做的那种人，而是他们不得不做的那种人。"

　　我们都是一般人，不得不做的那种人。

　　但是现在，我想要改变了。我想要说的，我想要做的，我想要成为的那种人都应该慢慢在我的行动下实现。

　　你呢？你想过 5 年后会成为一个什么样的人吗？

2

有没有过某天早上醒来，满心都是仓皇和焦虑。坐在床边开始怀疑人生，几分钟后依旧刷牙、洗脸、吃早餐、挤公交上班。你连思考的时间都不肯给自己，唯有用工作来麻醉。

你开始忘记初心，你开始不敢构想未来。

周迅在《想想十年后的自己》中描述过她的成名历程。那个 18 岁还不知道自己要什么的她在某一天被老师问道："周迅，你能告诉我，你对于未来的打算吗？"

她愣住了。

后来老师问她："你现在就想想，10 年后你会是什么样？"

她说 10 年后，她要成为最好的女演员，同时出一张音乐专辑。然后老师把这个目标倒着算回来。周迅开始有焦虑感和压迫感，开始有目标、有规划。

那个曾满足于饰演丫鬟角色的 18 岁姑娘在毕业后，开始认真筛选角色，后来一部《大明宫词》让大家记住了演员周迅。28 岁那年，她出了自己的音乐专辑，也成为公认的演技与美貌并存的气质女星。

到现在，"周公子"依旧是红透半边天的演员，这份成功源于她对 10 年后那个自己的追逐。

她告诉读者："其实你也和我一样，只需及时问自己一句：'10 年后我会怎么样？'"

10 年太久了，我们来想想 5 年后的自己，那个快 30 岁的自己会是什么样。

5 年后，或许你嫁给了一个有钱人，成为一个阔太太；或许你成为一个高层主管，每天忙着管理公司的业务；或许你成为一个很棒的司机，每天载着乘客走不一样的路线；或许你成为一个服装店的老板，过着平淡而小康的生活；或许你家的孩子会打酱油了，在同学会上还是忍不住打电话给老公，看孩子睡得是否安好；或许你已经移民海外，在世界500强企业里打拼；或许……

是的，你可能买了汽车，买了手表，买了单反，你可能有票子、房子、孩子，但是你也会发现追不到的，还是那些最初想要的生活。

你本来想成为画家，却成了服装店老板；你本来想成为科学家，却成了一个公交车司机；你本来想做企业高管，却成了全职太太。

这都是因为5年前的你还不敢想，还没有做，没有目标，没有计划。

蔡康永说："20岁千辛万苦穷游去罗浮宫看到的一幅画和40岁坐头等舱去看到的那幅画或许并无不同。但是心境，却不一样了。"

20岁的我想要拍一部微电影，我们几个同学成立工作室，写了剧本，借了器材拍摄，前期的取景和脚本落定，中期的拍摄和演员表演、后期的剪辑和特效都是一波三折，不够完美，但出来后却大受同学老师好评。因为那是20岁的我们全力以赴去做的一件事，那是我们当时能力范围内做得最好的一件事。

或许等我到40岁，会构想出一个完美的剧本，会有钱买最好的器材，会请到最好的演员。但是那时我再也拍不出20岁想拍的东西了。或许 40 岁的我早就忘记了自己曾经有这么一个想法。

最怕的就是没有计划的等待。等着等着，青春散场了，你不在了；等着等着，初心忘记了，你屈服了；等着等着，梦想飘散了，追不回了。

想想 5 年后的自己，开始做计划吧。不要害怕计划太遥远，就怕想的勇气都没有。

3

有时，我常常在想，活着有什么意义？我有时又在想，怎么会在想这个问题呢？我不是尼采，不是哲人，我不是天才，不是疯子，不是人们口中的少数人，我怎么会想这个问题呢？

我平庸，我哭我笑我懦弱的姿态跟别人一样，没有美到极致，没有丑到窒息，没有让人过目不忘的一张脸。

我普通，我的智商一般，我拿的学位不是名牌大学的，没有出国留学，我是一个二本院校毕业的学生。我不是上帝亲吻过的孩子，那些招聘单位对学历文凭设置的门槛，从不因为我的名字叫小夜而消失。

我常常会在迷茫的时候想到学校里那栋 24 小时亮灯的课室。那栋课室很多人叫它"通宵复习楼"。每一张桌子上都堆满了书，我曾觉得学校很荒谬，怎么能给同学们损坏自己身体的机会呢？后来有一次午夜经过，发现里面满满都是埋头苦读的人。我发现这些人身上都自带光环，那种努力和勤奋呛得我差点落泪。

这些辛苦而努力追逐目标的人活得很明白，所以他们在全力以赴去做一件事的时候都充满了神圣的仪式感。

而我呢，我不是疯子，不是天才，不是偏执狂，改变不了世界。我蜷缩在一个角落里平凡地活着，将就地过着。然后，某天想到 5 年后的自己，觉得再也不能这样下去了。我跟上司提了辞职，他说给我加薪，留下来。那一刻，预期中的薪水竟也诱惑不了我。我铁了心要走一条看不清未来的路，却是一条有实在感的路，而且，已经做好计划。

感觉就像是《不能承受的生命之轻》里的女主人公特蕾莎，对爱情的执着"非如此不可"；像毛姆说的："我必须画画，就像溺水的人必须挣扎。"像刘瑜提到的：一个人要像一支队伍。

出来混总是要还的，欠自己去实现承诺，欠自己一个好的未来。

只要初心还在，该吃的苦，该走的路，该背的书，都会一丝不落地还给我。

不只是我，有太多没被上帝亲吻过的孩子。你以为自己从来都是特别的，然而生活就在某个下午给你狠狠一巴掌，告诉你，你跟所有人一样，你再普通不过了。上帝不会因为你叫×××而对你分外宽容。

人生本来就容不得半点侥幸。除非你不在乎任何结果，不介意任何走向。

毕业之后，或许你脱富致贫，颠沛流离；或许你爱情失意，职场失利；或许你咬牙前进，风雨兼程；或许蓦然回首，才发现自己走了一大截不想走的路。

没有关系，杨澜说："年轻人就是有犯错误的机会。"

你可以多去试试，但也要想想 5 年后的自己。

愿你已经朝着喜欢的方向出发。出发了，就知道志同道合、并肩作战的人并不少，即使一个人，也要像带领一支队伍一样风风火火、充满斗志，朝着未卜的前途奔去。

愿迷途中的你、清醒的你、孤身奋斗的你都要像一支队伍一样作战。

愿你能够在最难熬的时候俯身向黑暗中的自己伸手，拉他一把。

愿 5 年后的你，是你最想要的样子。

月薪3000元只是起点，去站到想站的位置

1

公司前不久进行薪资和岗位调整。

以往一般是工龄较长、经验丰富的人会得以晋升，工龄尚短的新手可以涨一点薪水，但基本与晋升无缘。

但那次调整却出乎大多数人意料，工龄超过 7 年的 C 小姐只是涨了点工资，工龄仅 2 年的珊瑚晋升为主管，岗位工资翻了倍。

C 小姐事后很生气地抱怨："我带着 4 年的工作经验进入这家公司，从月薪 3000 元开始做，到现在工作了 3 年，才不过五六千元。凭什么一个 3000 元的毕业生，才工作 2 年，就升上去，工资比我高？这太不合理，公司也太没有人情味了。"

C 小姐去找上司 Angel 理论，无果。

当晚 Angel 在微信群里发了一段话：

人生道路有多样性，家庭和事业不是对立的，也没有一种选择绝对正确或绝对错误。

如果选择在职场上打拼，就请面对现实，你没有那么多时间陪伴家人和孩子。如果选择回归家庭，就请放下焦虑，把家庭当成是一生的投资。

我们要过的是一种无悔的人生。

2

字里行间，能够明白这次晋升的选拔机制：能者上，多劳者升。

意料之外，情理之中。

C小姐确实资历够老，但业绩并不突出。因为对工作内容熟悉，往往不像其他同事早早来上班，提早准备一天的工作事项。

她总会迟到，而且有各种理由。说完理由还不忘来一句："哎呀，我就这样啦，才不在乎那100块全勤。"

这就让其他同事不开心了，提前到不只是为了全勤，而是公司制度好吧？

此外，C小姐常常请假，理由：要接儿子放学，老公出差了，婆婆不舒服……说完又来一句："反正今天工作不多。"

可以体谅一个人照顾家庭的情绪，但是能否在公司给你人情味时，去帮公司创造价值和利润？

与之相比，珊瑚小姐干劲就大了。接触新的工作，她从不拒绝，为做好它，主动加班加点，从不埋怨。

新项目下来，其余同事都沉默踌躇时，珊瑚说："要不，我来试试？"

因为珊瑚尽心尽力宣传和准备活动内容、物资，几个活动做下来都很成功，签单效果很好，甚至她一个人一个月就完成了其他人一个季度的业绩量。

上司 Angel 说过职场上的一条规则："你不懂，我可以教，但你不懂又不学，你有资格要什么？"

懂的前提是尝试，除了懂，还要做。

不想付出，舒服混日子当然可以持续一段时间，但长久下去，不能为公司创造利润的人迟早会被淘汰。

世上不存在工作和生活的平衡，只有舍与得。这个得了，那个自然需要被舍弃。

同样是月薪 3000 元的起点，C 小姐在埋怨和混日子的状态里得过且过，而勤劳能干的新手珊瑚却步步高升。

天道酬勤，职场上凭本事拿薪水，这很公平。如果仅凭年龄吃饭，那世上就没有贫富差别了。

工作时请全力以赴吧！在家时就请尽心尽力。无论哪方面，只要用心，都会有回报。

3

朋友 M 是导游，比我小一岁。

然而她已在广州买房。

得知这个消息，像极《欢乐颂》里奋斗十年的白领樊胜美，得知应勤买房时的惊讶心情：现在 90 后都买房啦。

明明当年毕业时，起薪都是 3000 元，为什么我在职场里慢慢挪动时，M 已经身怀巨款，买下房子？

M 说："谁叫我热爱又努力？我高考填志愿就违背父母意愿，绝不选不喜欢的会计，一心填了自己热爱的旅游专业。

"大二我就开始兼职带团，努力存首付。毕业时工作经验就有 3 年啦，虽然当时底薪比较低，只有 3000 元，但我做了代购呀！"

M 那时一个月带四五个团，全月无休，还要瞅准时机帮人"买买买"，往往一回酒店倒头就睡了。好在代购利润空间大，加上带团的提成，M 轻松付了首付，开始供房。

M 把这段并不容易的经历说得轻松，好在都挺过来了，所以现在有笑谈的资本。

供房后，M 苦学英语，申请去带欧洲团，从底薪 3000 元，变成 12000 元。

M 现在是自由职业者，底薪只有 1000 多元，平时可以看心情接团，也有自己赚钱的门路，月收入 2 万……

看到我羡慕的脸，M 拍拍我的肩膀，说："别着急，任何行业都需要积累，你那么热爱你的行业，多坚持两年，等你摸清门路，自然就有钱了。"

4

M 的故事让我想起看过的一部励志短片：

爷爷问明年毕业的孙女："知道什么是 22K 吗？"

女孩抱怨说："知道，台湾现在大学毕业生的工资真是低得可怜，才 22K 台币（约等于 4800 元 RMB），超少的。"

爷爷说："不要怕 22K，要怕没有竞争力。"

他提醒孙女，除了月薪 22K，还有另外一个 22K 需要在意。他问："你的人生还剩几天？"

"不知道。"

爷爷提醒："现在女性的平均寿命是 82 岁，你现在 22 岁。"

女孩一番思考："大概还有 21900 天。"

原来 22 岁的毕业生，剩下的生命却不足 22K 的天数。

月薪可以涨，但剩下的生命却只会减少。你应该更害怕这个 22K，过一天就少一天。这个时代不差算计，只差计算。

爷爷提醒孙女："在剩下不到 22K 的日子里，你要设计自己的人生呀。"

比起台湾的应届毕业生平均 4800 元的月薪，大陆 2017 年高校应届毕业生平均签约月薪为 4014 元。

往前三年看数据，高校应届毕业生的月薪不过 3000 多元，大部分女性毕业生月薪偏低，不过 3000 元左右。

几年过去，那些月薪 3000 元的女孩有的爬到了更高的位置，积累了自己的经验和财富，例如珊瑚，例如导游 M 小姐；有的却依旧原地踏步，虽然月薪数字有了变动，但是没有设计好自己的人生，在庸碌的生活里怨气满满，例如同事 C 小姐。

5

有人说，你的目光决定了你的位置。

同样月薪 3000 元的起点，各人不同的选择，导致女孩们几年后过上不同的生活，走向不同的人生。

短片的最后一幕，爷爷对着镜头向众人发问："下一个 10 年，你要在哪里？下一个 10 年，你会在哪里？"

这个问题，没有答案。没人知道自己 10 年后会在哪里。

但"要去哪里"会引导你"会去哪里"。

我身边的朋友都印证了这一理论。

毕业时想过安稳的生活，会选择银行、国企、公务员的职位，现在他们的生活就是这样，拿着稳定的工资，过着安稳的生活。

毕业时想创业或者想多赚钱的，有的开工作室，有的做销售，有的进入金融行业，现在他们的生活慢慢过成了自己想要的样子：在职场上爬到较高的位置，赚取了一定的财富，结识了很多大人物……相对的，维持这种生活需要他们比别人付出更多时间和精力。

曾经我以为他们是幸运，是受到眷顾，后来才了解那是他们马不停蹄地努力。

月薪 3000 元的起点并不值得懊恼，也并不可怕，可怕的是接下来的日子里你没有变成自己想变成的样子；可怕的是你总是今日想昨日、懊悔昨日的选择，忘记当下该做出正确的选择；可怕的是你一直抱着这个数字不放，耿耿于怀，止步不前，忘记该好好设计自己的人生。

别忘了，月薪 3000 元只是一个起点，你还是可以好好努力，提升竞争力，设计好自己的人生。

下一个 10 年，你要站到自己想站的位置。

你可以决定自己成为一个什么样的人

1

果果结束 10 年恋情，搬家、工作变动，垂头丧气地生活一个月后，请了一周假，独自飞往云南度假。

她去大理各景点拍照，在洱海旁的客栈发呆，去丽江跳民族舞，与酒吧驻唱歌手合唱，骑马、看湖、爬山……

果果回来时变了——又黑，又瘦，又穷。

休假堆积下来的工作，她不得不加班完成。以至我们在房里开 K 歌软件唱歌时，果果还要不时回复客户信息。

一首《青春修炼手册》她唱得很带劲……

"耶，为梦想好好工作，30 岁成富婆。"

"不结婚了吗？"

"随缘。"

"你没事吧？"

"没事。想明白了，前男友什么的不如挣钱重要，成为富婆，富婆，富婆！"

有人说，如果你感到找不到人生伴侣，多半因为你还没决定要成为什么样的人。

很开心，果果决定成为富婆。那她未来可以选择的范围就广了。

以前不明白：为什么人们喜欢在失恋或失意时外出旅行？

因为果果，我明白了：他们需要做决定那一刻，需要一段旅程来决定自己是谁，以什么面貌去经历。

《百年孤独》的作者加西亚·马尔克斯说："我去旅行，是因为我决定了要去，并不是因为对风景的兴趣。"

果果决定出发，她感兴趣的不是看到什么风景，而是决定自己要勇敢，要接受，要突破——勇敢出发，接受现实的失意和繁忙，突破现在，更努力抵达未来。

那一刻，重要的不是她看到的风景，而是她决定自己成为什么样的人！

2

公司最近招进很多新同事，突然很感慨。遇见一个人，然后会遇见很多很多人，这让我想起从前的朋友、同事。

他们被时间的洪流冲往各个城市、各个角落。有的依旧在银行做柜台工作；有的已结婚生子，不时抱怨庸碌的生活；有的换了几份工作，依旧不如意；有的学业结束，进入社会工作……

他们有着不同领域和生活轨迹，他们的经济在一天天变好，却十分羡慕别人。

他们苦恼、迷茫、愤怒、焦虑，他们不甘：为什么我还没有成为想成为的人？

我反问学金融的朋友宁子："你当初不是第一志愿填的金融

吗？毕业后也积极进入银行，现在又有丰厚的年终奖，如果说这都不得志，那其他人情何以堪？"

宁子说："考金融是爸妈的建议，都读了这个专业，不进银行岂不浪费？唉，真的是，当初就不该听我爸妈的，捧个铁饭碗也不开心。"

我能理解她的不开心，但不认同她的归因。

你不能一边依赖父母，一边又抱怨不自由；你不能走很长的路发现不对劲后，不想改变，却想跑回路口指责指路的那个人。

这种"只想享受利益，不想承担任何义务"的巨婴心理势必会阻碍你成长为想成为的人。

服从他人当然比支配自我要容易得多。

但，连你自己都不想对你的人生负责，谁又想替你负责？

成为怎样的人，是自己去决定的，别人无法对你负责。

3

爵士舞老师鼓励我们坚持时，常说："当你足够想得到一样东西，别人会帮助你，而自己终会走上正轨。一定要坚定，一定要坚持。"

好啦，平板撑 4 分钟，谁撑不住，加 10 秒，加油！然后她跟我们一起做。

老师 27 岁，教学 5 年，跳舞的时间长达 12 年，高中就开始加入舞蹈团，开始跳舞生涯，但并不顺利。

她一直是个胖子，一开始跳舞，简直是变相自我虐待，除了动作不协调和笨重，还常被队友嘲笑，表演时一直坐冷板凳。

但体格好，有力量，可以帮助团里做一些搬搬抬抬的工作，就一直待着。

当时老师每次训练都很用功，她最大的梦想就是成为一名舞蹈老师，同时可以接商演活动，有收入，有舞台。

跳了三年，老师瘦下来，体形正常，但这期间从未登台。

大学时，她加入了舞蹈社团，也报名参加校外的课程，有时间就往校外跑。

因为勤奋，动作很快熟练，还会编一段舞，舞蹈机构把她聘请为兼职舞蹈老师。

理所当然，她毕业后成为全职舞蹈老师。她依旧没有火辣的身材，没有长腿，没有妖艳的气质，没有星光璀璨的人生。

但她成了想成为的人——一名舞蹈老师。

每天的舞蹈教学让她很快乐，舞蹈也变成她的事业，她如今是舞蹈机构的合伙人之一。

她告诉我们："跳舞的时候一定要自信，哪怕节奏感不好，哪怕动作不够力度，依旧要面带微笑，把动作做完。"

一定要从内心相信：你能决定自己是谁。微笑、自信、妖娆、有力量，这就是你。动作或许需要时间的积累才能愈发熟练。但那股从内心生出的驱动力，一旦长成，生生不息。

4

面对同一件事，比如，搞砸一场活动，有人会立刻想逃离，有人会立刻想善后方案；有人会觉得人生从此暗无天日，有人却想着吸取教训，东山再起；有人悲观到觉得只能如此，有人却认为，做一点补一点，也没那么差。

一次两次，你可以说不同的想法和行为皆因心态问题。但是长久以来，都这样乐观去想，积极行动的人，他们一定是拥有强大的自我驱动力，愿意主动支配自己的人。

采访过一个创业型老板，问他，怎么能两年之内在教育行业快速扩张发展？

他说："逆流而上，顺势而为，潜心投入，厚积薄发。"

十多年前他在幼儿园当体育老师，幼教行业几乎都是女老师，他一男老师因为别人的偏见，几次恋情都告吹。

他在公立幼儿园做了很长时间后，几年前，他看到教育行业的发展前景，决定在中年时分，来一次创业。

他说服投资商，拿到投资后与人合伙成立一家高端幼儿园，在保留部分公立幼儿园课程后，设计开发了更多特色课程。

同时，他所设计的幼儿篮球课程也短时间在全国各地幼儿园铺开，更在国际幼儿篮球赛事上斩获大奖。

他说在一个行业做了十来年，只要能用心，都能有行业发展的洞察力。

他不是赌，他就想看看辞职创业，自己去做会怎样？放弃那条领工资的路后，他会成为一个怎样的人？

他说不管怎样，未来都会比现在好，他就想看看能好到什么程度，能不能更快抵达。

事实证明：主动支配自己的人生会比服从命运安排更合理一些。与其继续做一名幼儿园体育老师，不如成立高端幼儿园，开设特色课程，也让自己的人生有更多的可能性。

5

文工团背景的女青年严歌苓决定要成为一名小说家。

30 岁时，一身赤贫出国留学，在哥伦比亚大学一边深造，一边打工，一边写作；因和美国外交官交往，一度受到怀疑和调查，但并不影响她持续写作的热情。

对父辈母辈的故事听闻，自我生活里的苦难和挣扎，都变成她写作的素材。她虔诚地写，每天自律写 2 小时，如今不但是优秀的小说家，也是好莱坞编剧，她的每一部作品登上银幕都成了经典。

沈从文先生 14 岁从军，经历过战争，目睹过杀戮。在时局动荡的大背景下，他读过私塾，经历家道中落，当过小兵……

一次偶然进入报馆，看到报道的时代现状，他决定进一所学校，学些自己还未明白的问题，听些耳目一新的世界。

1922 年，20 岁的沈从文脱下军装，从湖南辗转来到北京，他没考上北京大学，但坚持做了两年旁听生。

1924 年，他的作品陆续在《晨报》《现代评论》上发表。这也为后来完成小说《边城》奠定了基础。

你会说，他们都是大人物，他们实现一个决定，成为一个怎样的人很容易。我们是普通人，做的决定太难实现了！

别忘了，大人物在成名前都是普通人，他们做了决定后，实现的过程都不容易。

你说，现在才决定成为怎样的人晚了吧？

最好的时间，就是现在。

你做好决定，就是迈出第一步的开始。

你决定去做，你全心投入过程，这本身就是嘉奖！

主动支配自己的人生一次吧！去看看自己的决心有多大，去探寻自己究竟能成为一个怎样的人。

生命岂能尽如人意，人人都要有嗜好

1

姨爹穿着深蓝西装，打底是白色衬衫。他是一个农民，但穿西装和衬衫的习惯已经有 30 多年了。

假期陪母亲回 G 市，我见到了 63 岁的姨爹。但姨爹看起来 40 多岁，少有皱纹，脸上是健康的"古天乐"黑，精神矍铄，眼神有光。

姨娘说，姨爹前几天去帮人家犁田，好不容易赚了几千块，却都投入他的"后花园"了。"后花园"在房子的侧厅。侧厅是露天的，上方是竹架子，靠墙边的葡萄树攀爬上去，在顶端蔓延出大片鲜绿。

葡萄架下方是两个小水池，假山般的两块石头装点着"巴黎铁塔"、凉亭、老虎、帆船、风车、"明珠"……水从"山洞"落下，风车、帆船转动起来……

姨爹当时和几位爷爷在水池边的石桌旁打牌，见到我，热情地介绍他的水池和假山，逗着鸟笼里的鹦鹉跟我打招呼。

这场景让我难以把姨爹和犁田的农夫形象联系起来。

这哪是农民？这分明就是一个艺术家！

对，生活的艺术家。

姨爹是个孤儿，16 岁和姨娘成家后，一直做好丈夫和爸爸的角色，把 4 个子女养大。

生在农村，并不影响他追求生活品质和发挥艺术家的才能。老屋的客厅一半露天，有水池、假山和金鱼。

他说，这样可以更好地看日出日落，感受风雨。下雨天在二楼俯瞰金鱼池，雨水滴答落入池中，场景简直太美了。

2

生活习惯清奇的姨爹，一生并没有很多财富，他至今依旧保持吸卷纸烟的习惯。

哪怕子女长大，搬出老屋，不愁养老了，家里的碾米机依旧没有丢，他依旧开着小卖部，谁家要帮忙犁田了，姨爹还是会去帮忙，赚些外快。

收入尽管微薄，他的生活却得以流动起来。

帮人碾米和犁田不只是图那点收入，他很自豪技能得以施展，实现自我价值。如果工作过程中有一场温暖的谈话，那就是额外的收获了。

这些收入供养着他的"后花园"，于是邀请朋友打牌、遛鸟的情趣也有了安放的地方。

这也是姨爹长年穿西装和衬衫的原因：随时都干净精神，随时可以奔赴工作和与朋友见面。

姨爹说，最令他自豪的不是这些山水鱼鸟，而是他可以选择随时去玩，选择如何工作，选择和朋友相处的状态。

我把它称为对生活的主动权。

周六、周日，姨爹会关掉小卖部，带姨娘去老城区的广场看戏以及喝油茶。姨娘生病住院过一段时间，体质下降。姨爹说："带你姨娘出去逛逛，她就会开心了，精神和身体都会变好。"

嗯，那个幽美而热闹的"后花园"不只是他生活的奔头，更是他热爱生活的昭示。

脸上有笑容，眼神有期待。

这就是热爱生活的样子。

哲人罗素在《幸福之路》里写道："幸福的秘诀在于：使你的兴趣尽量广泛，使你对那些自己感兴趣的人和物尽量友善，而不是敌视。"

能有自己的爱好和追求，不曾对生活失望过。在变得更好的同时，还有能力去爱人，还有什么比这个更幸福的呢？

当然，以一个人岁月静好的生活结果反推该如何生活的逻辑不够严谨。每个人的生活历程都独一无二，照搬不来。我们能做的是看到更多不同的生活状态，让自己的世界更广阔，然后学习认为好的那种心态和方法。

3

请听我说另一个故事。

一个人连续几天只睡两三个小时，会不会很憔悴？嗯，多数人会，Angel 却不会。

我们公司装修升级后，迎来重新开业的庆典。Angel 是整个开业庆典的负责人，邀请嘉宾、媒体联系、人员安排、庆典节目、所需物资都由她主控。

庆典前一晚，Angel 加班到凌晨 1 点钟才布置完场地和过完彩排节目。她担心我和同事太晚回去不安全，就执意送我们回去。

次日清晨到公司，Angel 已穿着长裙，踩着高跟鞋，在跟其他人员安排工作。头发绾起来、面容精致，血色口红衬得春光满面，她微笑地和过往同事打招呼。

我惊讶于她表现出来的活力，几天的熬夜在她身上了无痕迹。

开业庆典很成功，这番隆重和热闹为公司也带来不少成单，Angel 功不可没。

去庆功宴的路上，我问 Angel："累吗？"她说："我这几天都只睡不到 3 个小时，能不累吗？只是想到庆典后有业绩，可以调休，可以去旅游几天，也值得了。"

是的，Angel 是个旅游达人，她以业绩优秀和热爱旅游著称。当时没人愿意接下开业庆典这个项目，怕太累。Angel 自荐，接了下来。

"要知道，做完这事，就可以飞了呀！哈哈，辛苦几天也值得。"

Angel 在庆功宴上举起酒杯的模样和我的姨爹很像：脸上有笑容，眼神有期待。

这种热情和微笑都属于热爱生活的人。他们都在自己的认知范围内，尽最大的努力，达到最好的状态。

她享受全心投入一场活动，获得一些成就，获得一些开心，还有旅游的期待。

Angel 说："有任务有待完成，就去完成，有困难来了，就深吸一口气，全力去解决。过完这个处境，事情就会变好了。"

我不赞同加班加点，以损害健康为代价去做一件事。但是你在享受生活，慢下来之前，是否需要经历过一次紧绷、一次全力以赴呢？

"这才是张弛有度。"Angel 说。

不要忘了，静待花开以前，你还需要播下种子。

4

法国电影《天使爱美丽》中有这么一句话："生命岂能尽如人意？人人都要有嗜好。"

这是电影里一个配角老头说的。

女主角艾米丽为交还前房客童年时收藏的盒子，决定去寻找他。通过询问，艾米丽找到镇上一个拥有记录喜好的老妇人家里。

当老妇人的丈夫正和艾米丽说盒子的情况时，老妇人拿出绿叶满是孔的盆栽，跟艾米丽抱怨："别信他，他老懵懂了。他现在每天早上都会拿出打孔机，往我盆栽上打孔，因为他退休前是地铁检票员。"

老头也不生气，对艾米丽狡黠一笑："生命岂能尽如人意？人人都要有嗜好。"

这句话让艾米丽低头笑了。

她之后的生活都被这句话影响。她接纳生活里有各种不同嗜好的人：在酒吧录音的男子，水果摊上为顾客认真挑选水果甚至和水果对话的销售员，每天为亡母做一件小物件的父亲，喜欢搜集破碎照片拼接完整的男友……

她享受生活里的形形色色，也把乐于助人变成一种爱好甚至信仰。

不论是交还前房客的盒子，还是促成录音男子和苏珊的恋情；不论是帮男销售员整蛊水果摊老板，还是边扶盲人走路边给他描绘画面；不论是帮助父亲走出母亲去世后的低潮期，还是鼓励男友坚持爱好……

艾米丽用自己的努力帮助别人，并且获得开心。这个过程中，她也获得别人的帮助。

电影最后，艾米丽和男友骑车的镜头，笑得欢畅甜美。定格的笑脸是随和而充满活力的，眼睛迸发光芒。

那也是一张热爱生活的脸。

是的，你得找到自己热爱的事物，去投入一场，去经历一场。你得有达成的欲望，你得有实现的努力。你要有静待花开的平和与期待，也要在此前播下种子。

你要相信，生活可以在爱好里开出花来。因为，你越热爱生活，越有可能创造属于自己的生活，越有可能变成闪闪发光的人物啊！

愿你一直富有，愿世界对你不设限

1

两元在加班一通宵后，给我发来信息："年后和几个老同学去日本玩，一起？"

"签证难拿吗？"

他把签证的申办材料发给我，我看了一眼就拒绝了。

里面有一个材料是：最近 6 个月的银行流水账单，且最终余额 10 万元以上（盖章）。

两元说："流水可以近期转进去。"

"算了，我再努力挣，迟点再去。你究竟做什么工作的？那么有钱、有闲，还可以随处旅行。"

两元说："代码狗一只，这笔钱两年前就开始存了。天天加班，都是加班积累的假期。今年也才去旅行两次……"

是呀，相对于去年他游遍东南亚的经历，今年两次出国旅行太少了，他计划去日本、新西兰、冰岛……

两元玩起来和工作一样拼。他有一张很大很大的世界地图，地图上贴满各个城市的图片，地图下写着：30 岁前去 200 个城市。

当时我们感慨："这很难呀，除非大部分是中国城市。"

两元怼回来:"有钱就不难了。"

确实,有钱就不难了。

不论是日本签证、澳大利亚签证,还是申根签证;不论是出国留学,还是出国旅行,还是出国探亲,各国对境外人口的准入标准都是:钱。

为什么是钱呢?

古希腊哲学家克法洛斯说:"金钱可以让一个人更良善。"

有了足够的钱,才说明在这趟旅行里有足够的消费能力,拉动该国旅游业发展,减少打黑工、非法停留的嫌疑,减少其他非法行为的可能性。

这份有额度要求的流水账单,也说明了你对生活负责的能力。

当你有了足够的钱,你会发现,世界对你的限制,就少了许多。

2

穷人一定有贫穷的理由,而富人一定有富有的原因。

两元挣扎出世界的限制,从小学五年级开始。

那时互联网还没普及,在城镇里,有线电视也没几个台。学生党的消遣娱乐除了书,就是各种偶像剧光盘、歌碟。5元钱可以买一张10首歌的DVD。

两元的表哥家有电脑和网络,他买了一堆光盘去表哥家,说帮同学刻录歌曲和视频。

就这样,班里很多同学花5元、10元从两元那里买了流行歌碟和光盘。

两元那时赚得人生第一桶金。

两元家境并不好，父母计划让他读完初中就外出打工。别说旅行，就连出趟县城都会受到限制。

"你走路去吧，没钱给你坐车。"

两元赚的钱成为他支配命运的资本。

听说后来上初中和高中的学费都是他通过卖商品赚取差价攒的。

大学时，更为自由的时间成了两元"走向世界"的助力。

他用兼职写代码的钱买了一张超大世界地图，以及200张世界城市的照片。

他开始规划旅行，那才是他梦想的起点——尽早实现财务自由和环游世界。

他玩起来和工作起来一样拼。总是很早搜索攻略并预订机票，这样数次从特价机票和廉价航空里省下来的钱，就变成他去日本和欧洲的"流水账单"。

没有假期怎么办？两元的公司实行加班补休制度，两元就不断跟新项目，不断加班，不断挣钱和攒假期。

看的世界越多，就感觉自己知道得越少，越想去探寻更多。

"以前觉得能逃出那座山城，能上大学就不错了，现在觉得，能无所顾忌做喜欢的事才算好人生。"

两元通过自己努力赚的钱，不但让他摆脱原生家庭的束缚，也让他走向世界各地，看不同的风景，遇见不同的人。

更为丰富的生命体验滋养着他。有了金钱和见识，家庭对他的限制，工作对他的限制，旁人对他的限制，甚至连世界对他的限制都小了。

他说："每次在旅行目的国入境，边检人员对我微笑盖章，感觉这个世界在召唤我！"

3

人们说：寒门难出贵子。

我不知道"贵子"的定义是什么，但两元通过自己的努力考取好大学，踏实工作挣钱，在城市中找到立足之地，按喜欢的方式去生活，他就是贵子。

人们说贵子"难出"的原因无非是出身不好、教育资源分配不平等、户籍问题和见识问题……

总之，"贵子难出"是因各种限制。出身寒门的两元就摆脱了各种限制：出身不好那就想办法谋生，教育资源不平等那就想办法争取，蹭课、旁听、网上课程都可以，见识少就多读书、旅行、见人……

成功的人有千百种方法，失败的人就有千万种理由。

比如你身边那个老是推脱责任的同事，那个传递负能量的朋友，那个满嘴抱怨的亲戚。

肉卷是我堂姐，毕业3年，工作换了5个，基本上每份工作的时间不超过半年。后来在小叔的外包厂里做起文员，主要负责监察货物，以及落实发货时间、出单。办公室有另外一个文员，负责财务和日常文件工作；还有一主管，负责监督管理。

肉卷做了两个月，很不开心。她说："小叔每月工资才给那么一点，还什么亲戚，而且那个主管老是针对我，每次轻松的工作都给那个文员小妹，我呢，老叫我去仓库查货，对单……"

"查货也很好呀，没有这个环节，就没有数据，怎么出单呀！这很重要。"我说。

"不，那个主管一定是针对我。上次那个培训会没让我去，出差也不让我去，厂里联谊晚会也不提前告诉我……"

无论我怎么劝说肉卷，肉卷都是一副"总有刁民想害朕"的心态。

那个文员小妹后来通过成人自考，获得就读大学的机会，去进修了。

肉卷还是没有升上去，她更生气了。

小叔告诉我，肉卷看到责任逃避，看到利益却想分一杯羹。培训会让她帮忙组织，她就请病假；出差想让她跟主管一起去，她说怕水土不服；后来这些工作的补贴给了干活的人，她又说工厂对她短斤缺两，到处传播负能量……

肉卷被劝辞。

后来肉卷回家考公务员，两次落败，她在同乡群抱怨考试制度不公，自己没钱买官位，她觉得所有考试成功者不是买的就是靠关系进去的。

无论在大城市还是小城市，无论做什么工作，无论在哪个年龄段，肉卷都认为这个时代在针对她，这个世界在限制她。

4

是这个世界在限制她吗？

不，是她自己自我设限。

她的金钱匮乏，她的见识匮乏都在限制她，限制她往前一步，限制她看到更好的人，限制她看到更广阔的世界……

文员小妹家境比肉卷差，但她知道金钱和知识的重要性，所以边工作边学习，获得函授学位。在她晒着求学、看书、旅行的朋友圈时，肉卷在痛斥公务员考试……

这就是人与人的差别。

而肉卷和两元相比，更像是工薪阶层和精英阶层的对比。

罗振宇曾谈过美国社会学家赫伯特·甘斯的研究。社会学家比较波士顿工薪阶层和精英阶层的文化差异，发现：

工薪阶层的一个特点是：只相信自己的亲友，而非常不信任外部世界，甚至可能对陌生人有一种自发的敌意。对比之下，中产和精英阶层的人，没有那么强烈的亲缘意识，他们很容易跟陌生人合作，而且非常信任办事规则。

所以，肉卷感受到世界对她的限制和恶意，而两元却感受到世界对他的召唤；肉卷在抱怨别人时，两元愿意去改变、争取、努力；肉卷在自我揣测的泥潭里沉沦，两元朝着预期目标步步迈进……

什么是富有？

不是有车有房，不是年薪百万。

富有是用金钱和见识达到自我实现。

就像两元，他就很富有，一直有目标，一直在前进，一直在实现自我。

他走在"努力挣钱——自我实现（上大学）——努力挣钱（工作）——自我实现（旅游）——更好地挣钱和生活"的良性循环里。

那些成天抱怨自己家庭背景不好、怀才不遇、遭人打压的人，或许该换一个角度思考问题。

惯常装成世界的受害者就会变成弱者。不如为创造更好更自由的世界而努力，如果做不到，至少可以改变自己，减少世界对你的限制。

5

作家王小波曾说："没有钱，没有社会地位，没有文化，人很难掌握自己的命运。"

没有钱，网购不敢下单，出门不敢打的，吃饭要精打细算，温饱尚不能满足，何来自我实现？

没有社会地位，得不到尊重，人微言轻，无法结合优势资源拓展自己的世界。

没有文化，在遇到优秀的人时望而却步，无法在人与人的交流里拓展视野，更无法达成合作，无法给自己的灵魂一片净土，没有定见。

怎样才能变得富有，去掌握命运，去摆脱世界的限制呢？

当然是：挣钱、阅读、会友、精进、看世界！

你是普通学生，就多读书多看报；想去旅行，那就努力考取好成绩，获得奖学金。此外，不管做家教、派传单、端盘子、写作还是仓管打包，只要不影响正常学习，不论多辛苦，都该尝试一下。

行业不分贵贱，用良好的心态经历一些事情，获得一份收入，何乐不为？

你是普通工作者，就该踏实工作，努力挣一份安身立命；多阅读，丰富精神世界；发展兴趣爱好，结识志同道合者，你会发现人们脱离职业状态，一起做感兴趣的事最有生命力；多参加职业提升的课程学习，或者和同行多研究探讨；有规划地进行旅行……

所以，除了解决温饱的工作，你更需要不断学习，不断走出自我局限，不断阅读，不断见人看世界，不断丰富自己的精神世界，不断改变思维模式，达到更高的自我实现！

夜路走多了，胆就大了。

一个人走久了，能担的重任就多了。

看的世界多了，见识和定见就有了。

你富有了，世界对你的限制就小了。

愿你不断精进，愿你一直富有，愿世界对你不设限。

如果尚有余力，愿你创造更好的世界！